朱子一 著

阳坡泉下 YANGPO QUANXIA
MIANDUI DAXIBEI DE XIANGCHOU

——面对大西北的乡愁

语文出版社
·北京·

图书在版编目（CIP）数据

阳坡泉下：面对大西北的乡愁 / 朱子一著. -- 北京：语文出版社，2015.5
ISBN 978-7-5187-0104-9

Ⅰ. ①阳… Ⅱ. ①朱… Ⅲ. ①散文集－中国－当代 Ⅳ. ①I267

中国版本图书馆CIP数据核字(2015)第058232号

责任编辑	谢 惠
装帧设计	珂 月　梁 明
出　　版	语文出版社
地　　址	北京市东城区朝阳门内南小街51号　100010
电子信箱	ywcbsywp@163.com
排　　版	北京杰瑞腾达科技发展有限公司
印刷装订	北京市兆成印刷有限责任公司
发　　行	语文出版社　新华书店经销
规　　格	787mm×1092mm
开　　本	1 / 16
印　　张	12.5
字　　数	192千字
版　　次	2015年7月第1版
印　　次	2015年7月第1次印刷
印　　数	1－3,000
定　　价	36.00元

📞 010-65253954(咨询) 010-65251033(购书) 010-65250075(印装质量)

序

传说旧故里草木深

甘小甜

渭水流经天水,辣椒染红绵延的山川,也染红了古老的传说。

假如,我们千万年前的灵魂曾漂泊于新石器时代的渭河,许有缘目睹那个人首蛇身演八卦的伏羲的诞生;假如,我们的前世曾投身于秦武公帐下为一无名小卒,许就见证了华夏第一县——冀县的建置。

有些传说如雷贯耳,有些传说却是隐约流转。所幸,我们跟上了一个如今身居江南的西北人回乡的私密脚步,俯拾了一路山石坚、草木深的故事。

几乎走遍了中国版图、却已十几年未回老家的他,驱车在一路盘旋向上的山间小道上。他的家,在海拔两千多米的黄土高原,一个隶属甘谷县名叫朱家山的村落。有关这个村子的方向,凭导航或许难以定位,唯有凭记忆不断深入。

他说,只要看见了那棵圆树,就能找到入村的岔道口。圆树,其实就是一棵酸梨树,多少年来一直立于通渭、秦安、甘谷三县交界之处,树冠如伞,似守护着整个山头。

如果你看见那棵树的体态,一定能大约猜见我接下来要讲的故事。是的,它跟一位少女有关,一切古老的美丽的传说总是跟少女有关。这里有一座观音寺,长年受周边的几个乡镇供奉和祭拜。许多年前,村里有一个穷苦人家的姑娘,她很小的时候,父母就双双去世,兄嫂抚养着她,早早为她结了娃娃亲。她自小纺一手好线,长到16岁的时候,兄嫂逼她出嫁,她不愿意,逃了出去,纺的线团却跟着她不停地滚。兄嫂发现了,拿起家里的烧火棍一路追。

阳坡泉下 ——面对大西北的乡愁

姑娘跑啊跑，一口气跑到了观音寺。兄嫂追来，姑娘说，她将要坐化成佛，不能嫁。兄嫂不信，把手里的两根烧火棍往地上一插，对妹妹说，如果你真成了佛，就让这烧火棍生根发芽。谁知那两根烧火棍真的生根发芽，一棵成松一棵成柏，姑娘也就地坐化为一尊观音像。兄嫂见了，一下匍匐在地，倒头就拜。后来，附近的山头上就长出了圆树，人们说，那是女神娘娘的黄罗伞。

我私下揣度，对于在大山里度过一生中最稚嫩懵懂岁月的少年而言，寄予这决绝少女的情感，不论是敬而远之还是其他，也许比大人们对神灵寄托的普度众生之望，还要深刻与神圣。这棵圆树，是这位离村多年的西北汉子记忆中家乡的地理标记，或许更是一种情感标记。

许多人说，江山美人是一个男人不变的理想。在西北汉子的记忆里，还有一个关于江山的传说大浪淘不尽。车子终于开进了村庄，见到了久候的亲人。站在老屋前，凝望少年时日日眺望的玖龙山，他兴奋地招呼我们：你们看，那像不像一条盘卧的龙？又指了靠近龙首的一段老爷山说，看见那个墩没有，那里有一段周赧王斩龙脉的故事呢。

传说周赧王总担心有人威胁到自己的王位，派人巡视天下到此，听风水师说这里是一条龙脉，龙首处会出一个皇帝，龙身处会出一个宰相，便赶紧派人到龙首的老爷山顶，硬生生往下挖出一个豁口以斩断龙脉，挖到深处发现底下有一种当地的常见植物——旱生的芦苇，结果一刀下去竟然血流喷涌。当地小戏里因此有一句悲愤的唱词："周赧王坐庆阳，龙脉斩断！"龙脉断了，又在这里立了一座巨大的土墩镇压，才算解了周赧王的后顾之忧，但终究未能解他成为末代君主的命运。

一切的传说总是离不开自然造化的神奇，那些世世代代生长于这片土地的人们，确实很难以科学的方式解释：为什么这一带的山脉全是黄土，只有立墩的这一片是鲜艳的红土？而血气方刚的西北汉子，也许在多年前早因这个故事断了称王成相的幻想，但断不了的是他仗剑天涯的梦想。等到他在外闯荡十余年再回望这一段山脉的时候，是不是有一种恍如隔世的感觉？

是的，恍如隔世。等他回到温柔的江南，如何还能听见这些犹如烈烈西风的传说？那位逃婚姑娘的不屈性子，那个斩断龙脉的血色轶闻，所有刚烈如同这里枝叶硬挺向上的柳树，如同这里漫山刺人的沙棘，如同这里火热灼人的油泼辣椒，如同这里苦涩浓酽的罐罐茶，如同这里味酸性凉的浆水。

可是，终究脚上穿着的家乡的布鞋留不住他的行色匆匆。他只好把这些记忆揣在兜里，带着爷爷奶奶摘下的酸枣，带着姑姑备下的做浆水的不知名的紫色野花，听着循环播放的高亢的秦腔，趁着最后一抹天色下山了。

身后，那是传说的旧故里草木深。

甘小甜，传媒研究者，媒体机构管理者。

自序

突袭

2013年8月，我和小伙伴们从杭州出发自驾甘肃、青海，经过地标性的圆树，在一个下午到达了我们村。这次，我父母均不在村里，事先也没跟人打招呼，反正是当天来回，也就顾不得其他的了。

但并没有到达村里，因为我迷路了，这已经是我第二次迷路。上次，我在夜里租了辆车回家，边走边与父亲通电话，还是因为草太深，小时候的大路被草木完全遮蔽，再也找不到来时的路。

却说那路并没有变窄，只是在那时的人看来，可能是宽的，而现在的我，看来是窄的。

前面有一行人，于是赶紧停下来问朱家山在哪个地方，那人说你走过太远了。

说毕，那人说："这不是子一嘛！"

啊，好吧，那人是比我年纪小一些的小伙伴朱粪山呀。他的父亲，就是武林高手朱大肠。

掉头行至山梁上，已经可以看到我家庄院，爷爷奶奶已经站在庄院外面等了，小伙伴们却发现了满山遍野的沙棘。此时沙棘果已经成熟，酸酸甜甜，充溢着满山的快乐。

如果让我父亲知道了，他会说："这酸不拉唧的有什么好吃！"但小伙伴们不管这些，尝鲜再说。

进得村来，奶奶迎出老远接上，便聚在我家院子里聊天。爷爷奶奶与三叔住在一起，我父母进城帮弟弟带孩子离开后，家里便空了。因为久已不住，墙角长了一株向日葵，地上满是绿色的苔藓。

阳坡泉下 ——面对大西北的乡愁

村里的小伙伴朗朗的哥哥去给牲口割草时路过，便进来聊天。面对同行的三个女生，他两次猜错哪个是我媳妇。猜的时候，直接用手指指着姑娘们的脸面，令她们感到一阵不自在。

同行的除了我妻子，还有一位同事及我妻的姐姐。

很快，她们发现了我经常对着谷歌地图给她们提起的那株柳树。站在院子里往后面的崖上看，柳树冠撑开在蓝天下，甚是孤单。这株柳树是我出生那年父亲栽的，为的是给我死后做棺材板。

大家又跑上崖去与柳树合影。从这里看出去，西北群莽大山一收眼底。对面的铁门槛，就是去我小姑姑家的必经之路，门槛边上有碉堡，始建于清代同治"回乱"期间，后来成为乡亲们躲马廷贤土匪的藏身地。

马廷贤是20世纪30年代统治西北的马家军的一支，张国焘领导的那一支队伍，在西进途中在甘肃的河西走廊被马家军打败了。

铁门槛是一处险峻的石峡，下有溪流经过，是黄土高原上鲜见的石山。

在地理上，本村是黄土高原上的一个普通村落，位于甘肃东南部的天水市，是甘肃省自然条件比较好的地方，好在能够解决人畜的饮水问题；在文化上，这里是周、秦文明的发祥地，中国农耕文化的始祖、传说中的神农伏羲就生活在天水一带，并创立了"八卦学派"，古来文脉繁盛。

如果从文化和地理的双重意义上理解，这里属黄河的最大支流——渭水流域，再往南不到百里，就是甘肃的陇南地区、长江支流白龙江流域，是黄河和长江耳鬓厮磨的地方。

在我的婚礼上，主持人是我兰大的师弟，他当场背诵了一首《蒹葭》，也就是"所谓伊人，在水一方"的那首古诗。这诗讲的，便是渭水边的芦苇，令人一下子泪水上涌。

可以说，中华文明的源头在黄河，而黄河文明的重要源头在渭河，流域里有天水和西安两个古老的大城市。渭水浊而泾水清，汇合后还要继续各走一段，形成了"泾渭分明"的奇特景观和成语。

历史上，这里曾草木繁茂，以至于当地的好多地名都与河水有关，如朱家山周边的李家河、庞家河、马家小湾、条子河沟等，均与水有关。

不过，现如今得面对现实。相比东部，这里的农民显然太"奢侈"了：本村人口只有81户350人左右，而耕地面积却足有1400亩，另有草林面积

500亩，仅耕地面积就人均4亩有余，还有一处荒山，且本村还是周边最大的村庄。

我家在姑姑出嫁、二叔"农转非"后，加上爷爷开的荒地，共有44亩耕地，现在把其中的14亩以每亩2元、4元、6元不等的价格承包给了外村人，另外抛荒6亩，此类现象约占总户数的一半以上。

如同工业企业的用电量一样，乡亲们的用电量也是他们富裕的指标：每户每月的用电量大概在5度上下，这还包括了一两度的线路损耗。

有户人家，一直坚持用煤油灯，虽然每月同样得交损耗费。有庄院，他也不住在家里，而在院墙外修了一间低矮的茅屋住了进去，也不拉电线，一到天晚就在里面黑灯瞎火地坐着，实在需要照明了就点起油灯。跟他的父辈一样，他家的火盆不灭，终日里烧着，屋里熏得快要流出炭油来了。

他家使用过的破篮子都整整齐齐挂在茅屋檐下，成为一道风景。下地干活的时候，他不用火柴，而是从家里出来就拿着一根燃着的草绳，用以续火点烟。

且不说他了。公社和生产大队解体后，村民小组长成为一个只有麻烦而无任何回报的职务，于是在迁延许久后，决定阳坡上组的组长由各家轮流担任。即便如此，我父亲还是拒绝了，在轮到他的那一年干脆去海南待了一年。

在1998年气功盛行的时候，此地也不能幸免。2005年三四月间，有一自称包治百病的"道光功"曾到邻近的秦安县太平镇传功，一本乡干部还代为登记练功名册，朱家山也有四五人亲往"聆听"教诲，但都没有上当。

本地的村医，多半不仅要靠医术治病，还得懂巫术。但凡治病，他"水陆"并进，打针吃药和作法驱鬼并行，当地人称"朱神仙"，颇有传奇色彩。

我们入村时看到的草木繁盛并非幻觉，而是真的有改变了，这便是"退耕还草"工程的结果。不过，和土地承包一样，农民也担心一旦退耕了，以后的生活就没了着落，一旦政府不管了该怎么办？他们还是觉得种地长久，不少人怕政府的"口是心非"。如屠宰税，上级和报纸上说不用交，小组长拿着报纸向群众解释时，乡干部却说你怎么能对群众说这些。

待了不到两个时辰，我们决定离开。因为老家的炕没有事先烧过，晚上住在这里会很潮湿。晚饭，是在翻山过去的大姑姑家吃的。

西风凛冽，太阳一下山，山里的气温马上就下降了。虽然几个同行的姑

阳坡泉下 ——面对大西北的乡愁

娘一再要求住炕或者搭帐篷,但我说,如果住炕会有虫子叮,如果搭帐篷会被村民围观,还睡个什么觉。于是,只好悻悻离开,连夜前往兰州。

后来听说,因为"我的娃到家来,一口饭都没吃上",奶奶哭了好久。

身后的草木,与夜色混杂在一起,杂乱无章。

目 录

序：传说旧故里草木深 …………………………………………… 001
自序：突袭 ……………………………………………………… 005

第一章　像野草一样生死

先有青杠树　后有朱家人 ……………………………………… 003
雪里娃　槽里娃 ………………………………………………… 007
吊带背心 ………………………………………………………… 011
少年书生 ………………………………………………………… 013
一美美 …………………………………………………………… 017
每个孩子都从崖上掉下一回 …………………………………… 019
逃离故土 ………………………………………………………… 023
桑梓之责 ………………………………………………………… 027
梦归学堂 ………………………………………………………… 030

第二章　吾社吾族

朱把式传奇 ……………………………………………………… 037
寛里人 …………………………………………………………… 042
狗命 ……………………………………………………………… 044
走口外　上新疆 ………………………………………………… 047
浆水伴我走江湖 ………………………………………………… 050
讨饭人 …………………………………………………………… 053
社火中的战争痕迹 ……………………………………………… 056

001

阳坡泉下——面对大西北的乡愁

社火情仇一甲子	060
儿媳保护神	063
扎了竹签的恋情	065
跳甲神	069
戏场	073
大总门宿命	077
二表哥祭	080

第三章　前三十年历史

悲情老书记	087
"反标"与批斗会	090
疯狂村支书	092
祁山会议	096
爷爷整人	100
请示台	103
挨饿记	107
二爷领媳妇	111
两只碗分家	116

第四章　后三十年村社

死生1976年	121
娘肚里骗领布证	124
二叔的进城之路	127
坟茔里葬的	131
起漫水	134
1991年"社教"印象	137
欢喜父母官	140

第五章　父老——献给我的父亲母亲

男人"大肚子"	149
突然老了	155
家庭巡视员	159

目 录

父亲上县里去开会 …………………………………………… 162
充乡绅 ………………………………………………………… 165
好学父子 ……………………………………………………… 167
母亲 …………………………………………………………… 171
面对历史——与弟弟的对话 ………………………………… 175

跋一：大树的守望 …………………………………………… 179
跋二：父辈从哪来 …………………………………………… 182
后记：阅后即焚 ……………………………………………… 185

第一章

像野草一样生死

我们从哪里来,又往哪里去?

从大历史的长河中去观察,人虽是顶天立地的神奇,却也不过是沧海一粟。几百年的历史,说来也长,之前的时间全归于历史,隔膜而神奇;说来也短,不过就几代人而已,个个历历在目。

这片大地上的人,就像被等待收割的野草一样,时而绚烂光华,时而卑微可笑。所谓慎终追远,不过是为了说明当下的合理性。

可当你已经出发,当初的理想和希望,不断被背叛、修正,面目全非。

这就是我们的命,像野草一样的命。

第一章　像野草一样生死

先有青杠树　后有朱家人

　　祖传，我朱家先人，明初从山西洪洞县大槐树出发，移民至甘肃省天水市现秦州区中心城区的马跑泉镇。这里是通往国内四大石窟之一的麦积山石窟的必经之地。

　　而后，可能是嫌这地方太过拥挤，祖先又集体移至秦州府（今天水市）治下的秦安县郭嘉镇朱家湾村。此村山高地陡，有歌谣称"出的门儿上的山"，且土壤为红土，种麦长不到一尺长。从这村下山，便是秦安县的葫芦河灌区，就是大地湾原始人遗址所在的那条河流。此地土地可浇灌，甚是丰饶。后人撰述此段历史时有句话："先有青杠树，后有朱家人。"但所指不甚明了。

　　对比如此鲜明，下到河川又不太可能。祖先们只好重新寻找落脚地，这一回是天水市甘谷县西坪乡的朱家老寨。这已经是以朱姓命名的第二个村庄了。

　　结果，祖先们对这里仍不满意，又找到了邻近的通渭县襄南乡（是否归本乡管辖存疑）的权家村。此地人少地多，坡度尚可忍受，用我妈经常"攻击"我们家祖先没眼光的话说："一镢头挖下去，好松软啊！"

　　在朱家老寨，祖先们建了村庙供奉了七仙女。当他们决定离开朱家老寨时，个别村民不愿意再走，于是留下来了。

　　权家也是移民，他们来自秦安县，相较朱氏人数要少。但因为来得早，所以朱氏普遍将权氏的辈分提高了一辈，比如平辈喊叔叔。以致直到今日，本村的同龄人中，权家还是比朱家高一个辈分。但因为朱氏人多，所以村名改为朱家山。权家居住的那一块区域，到现在仍称为"老庄"，

阳坡泉下 ——面对大西北的乡愁

以示权氏为老居民。

这个时间点，当为清末民初。朱家共分六房，我们泉下家族为右六房。

相信当时的朱家山，应该是很不错的。因为在我小的时候，我们这里的地下水还很丰沛，泉水经常溢得半个山坡都去不了人、插不了脚。我们右六房家族就住在泉边，族名"泉下"。后来因为整个山体被水泡塌，不得已才往半山上搬。但半山上，就只能是这些一出门就是悬崖的地方了。

到我读小学时，泉水突然干涸了。当时有种说法，村里一户姓张的小户人家的女儿嫌水量太大，用一块石头把泉眼给堵了。多少人去挖泉眼，水流也还是像细线一样，一切无济于事。

言归正传，当朱氏离开朱家老寨时，将七仙女的神像也复制了一尊过来，老居民权家也接受了七仙女作为他们供奉的村庙神。

不料，过了一段时间，留在朱家老寨的朱氏来朱家山吵闹，言神灵被复制走了大半，留在朱家老寨的那部分太少，不灵了，所以要把神像接回去。闹腾了一阵，当然不可能有结果，只好不了了之。前些年，朱家老寨还有一两户朱姓人家。

我们的祖先在元末明初经历了跨省移民，终又在清末民初经历了跨县移民，到达现在的朱家山。1949年鼎革后，本村划归甘谷县管辖，但风俗、口音仍与通渭县一致。

在离开秦安县朱家湾时，祖先们留下了石碑，上面还有胖娃爷爷的名字。这位老人与我的曾祖父同辈，按年纪应该与出生于1918年的我曾祖父差不多。那么我们移至本村，应该是民国成立前后的事情。

胖娃爷爷是村里的绅士，相传在朱家湾占了九曲十八弯，相当"土豪"。

朱氏移走后，朱家湾为李氏所据，但村名保持至今。如今，那地方因了交通便利，种苹果发了大财。这也是我母亲经常取笑我们朱家，弃朱家湾而就朱家山，没有眼光的原因。

1963年前后，我父亲挑着杏子去秦安县城售卖路过朱家湾，尚见朱家碑立于一段土坡上。后来，听说李氏族人将此碑推进水涧埋掉，本村一位老者还前去交涉过，但不知现状如何。

第一章 像野草一样生死

对于农民来说，广阔的可种庄稼的地，当然比邻近川区却种不出庄稼的地要好。但回过头来看，我不得不对祖先的眼光产生深深的怀疑。天水市是甘肃第二大城市，乃是中国历史文化名城，渭河流域仅次于西安（也许应该包括咸阳）的第二大城市，其历史上的繁华，岂是今人能够想象。我的祖先竟然放弃了这里，越移越偏，简直比白毛女被赶进深山变成野人还要惨。

其实，和中国上亿自称来自山西大槐树的移民一样，我们也不知道我们的祖先究竟来自何方。史载，明初时外省难民大量流入，山西成为当时人口最稠密的地区之一。

洪洞县位于晋南平原，农业发达，处于交通要道上，自古以来就设有驿站。当时洪洞县广济寺旁有一株高大的汉代古槐，贯通南北的驿道就从这棵古槐的树荫下通过。官方开始强制移民后，官府在广济寺设立办公点，将百姓聚集在古槐下编排队伍、发放外迁证件和盘缠。移民上路后忍不住频频回头，直到古槐消失为止，使得洪洞的大槐树成为故乡留给移民的最后印象，也成了移民后代关于故乡的记忆符号。

经过金元时期北方民族大融合，汉族民族意识强烈，保持血统就成为命题之一。我们老家也流传着"左小脚趾两瓣者为汉人"的传说：祖先为确保汉人血统，将小脚趾劈为两半

我家庄院后崖边上的柳树，历38年才成长这样。我出生那年父亲手植此树，为我备下棺材用材。

阳坡泉下 ——面对大西北的乡愁

作为记号，并成为遗传符号。遍查资料，甘谷才是山西移民大县。就此而论，我族究竟来自何方，又得存疑。

2014年元宵刚过，我在网上搜到一些通渭小曲，与我村的一模一样。虽然周边县份也流传着通渭小曲，但就曲调的相似性来说，我村与通渭县完全一致。

在20世纪六七十年代，朱家山又有一支朱姓居民迁移到外村，本村也从新庄变成了"老庄"。那个村里的朱姓人家，至今每年春节都回来认族归宗。那个"老者"来老庄时，经常与大家打闹，若有人逗他，他要骂"这些老庄里的屄①"，语气里充满了亲昵和温暖。

其实，村里也有陈、张、李姓个别人家。邻居就是陈姓，弟弟小时候非要叫人家朱某某，觉得大家都是朱什么，为什么他非要陈什么，搞了几年也没懂。但每叫一次，我制止不了便打他，因为我不打他，人家就要打他了。

姓是一个人安身立命的根本。老家有话说："宁要人家的命，不调人家的姓。"此之谓也。

---

① 屄：精液。秦方言的人们骂一个人是坏种时，用"坏屄"这个词，且"坏"读上声的"哈"。有时用于正经的骂人，更多时候表示对一个人的亲昵感。

第一章　像野草一样生死

雪里娃　槽里娃

儿时最幸福的时光，似乎就是早晨醒来，听到大人扫雪的沙沙声。

于是，我们可以不用起床。但是，可以光着身子到院子里跑圈，看谁能坚持最久。

实际上，只有傻子才真正坚持去跑。我只跑一圈就回被窝了，而弟弟为了逞能，往往要跑上三四圈还不停歇，直到被母亲发现赶回被窝。

起床之后，发现父亲已经把院子里的雪堆成一堆了。这个时候，不能朝门外扔雪，因为雪质疏松不成形，不好扔。但如果不扔呢，又会化在院子里，导致院子里一片泥泞。所以，科学的方法是，等过个夜或者太阳晒一下，雪化一点点，这样雨水会在雪里稍稍凝结成冰，就可以成形地往门外扔了。

这时候，经常有路过的人被我不小心灌一身的雪。等雪扔完了，大家会聚在门外聊天。如果是夜晚，似乎全村的大人都聚在我家门外"开会"闲谝，小孩子几乎都不愿意回家吃饭。在这里，可以听到一年中最集中的各种逸闻趣事。直到大家都走光，只剩最后两个依依不舍地道别。然后，各家的灯也都熄了，不想回家也没故事可听了。

如果母亲做手工，那还有个小乐趣。那时没有通电，照明用煤油灯，灯芯总要结一个灯花，母亲便说，如果这灯花很大很红，我们中就有一个要考上状元。

于是，我们就要听母亲讲很多状元的故事，其实应该都是戏里的状元故事，以及各种传说中的鬼怪故事。灯影里似乎真有鬼怪冒出来，于是不想听了，睡了。

阳坡泉下 ——面对大西北的乡愁

其实，还有一个乐趣是谁也享受不到的，那就是吃百家饭。

因为父亲老在外面谋生，家里除了母亲没有其他大人，外婆曾经来带过我一段时间，后来又跟着别人家的孩子被一起带过。再到后来，大概三岁可以自理了，就不用其他人管了。

母亲后来常说起，晚上八九点回到家里的她见不到我，寻遍村子各个角落，总能在谁家墙脚发现已熟睡的我。至于白天我在谁家吃的饭，她也搞不清。

对了，那边的时区比北京时间要晚一个多小时，所以九点钟的时候，太阳还挂在山头上。

我被母亲拎回家里，基本上嘴角都是脏东西，浑身上下就更不用说了。母亲便把我扔到猪食槽里，先用水把我淘洗一遍，再用洗过的水给猪拌食。

这么说来，在从不洗澡的西部乡下，我从小竟然是洗澡的！

透露一个小秘密：人们传说中的西北人不洗澡，绝对是真的。原因嘛，你懂的，除了缺水（我小的时候其实不缺水）、没有场地，其实最根本的原因是天气太寒冷，夏天的温度也只有十几度。有年夏天我穿着短袖出差路过老家，到甘谷火车站下车欲回家看看，一场小雨硬是冷得我直打牙颤，只好逃回车里，就这样错过了一次与故乡偶遇的机会。

你看看，常年寒冷、不出汗，加上条件艰辛，洗什么澡啊。

乡下的孩子命硬，这是听老人讲的。听别人说，我和弟弟经常在路上乱爬，油坊家的骡子去泉边喝水，必得经过我们家。村民好几次看到我们险些被骡子踩死，却都没踩到。也许是，那畜生也学精了，知道我们是人，踩不得的。

话说，从小我就是个边缘人。村里没有广场，没有一个说话的地方，除了我家门外。打小就听惯了各种八卦，却从无人前表达的欲望，闷骚的人大概都是这样长成的。

从风水上说，我家所处的这个位置真的不算好。它处于一个山嘴上，村里称这个地方为"鸟嘴"。远处即对着铁门槛所在的河谷，天气好的话，可以隐约看到郭嘉镇的某座山头，也就是六十里外老庄朱家湾所在地。

第一章 像野草一样生死

既是鸟嘴,身后必无高大靠山,崖上就是一块平地,山体一直往后缩。既无靠山,又靠前吃风,加上处于山体南坡,即靠阳,便无水。这样的地方,简直可称荒僻。但我们泉下家族,整体居住在阳坡,毕竟采光要比对面阴坡好。

风水这事,其实是跟人走的。因为我们这一块庄院最为稠密,全部是挨家挨户,盖房的时候两家共用同一堵院墙,两家的房子直接背靠背连体,所以邻里之间的关系都很好。在我小的时候,如果有哪家大人上地,而孩子要放学回家吃东西,便会把大门钥匙直接交给邻居,以便转交给自家孩子;有时或者把钥匙塞在门缝里某处地方,这个秘密邻居都知道。

这样好的风气,邻里关系融洽得不得了。所以,大家在一起最是畅所欲言。

再加上邻居陈家的老人很是健谈,又是负责村庙祭祀的"老者"之一,便能招来很多人听他闲谈。

不是所有的老人都能被称为"老者",乃是必须德高望重且负责一定的村庙祭祀任务的老人才能被称作"老者"。有整个村的大社"老者",也有只负责一个村民小组的小"老者"。

回头说鸟嘴的热闹,还要加上一个因素:鸟嘴是连接阳坡上下两个自然村的交叉地带,所有下村的人都要从我家门前经过,然后进入下坡道。

因了这个,我家门前自然成了村里的信息集散地。一到冬天,直到晚上九十点钟,还是人声鼎沸。

大人聊各种事情,我们小男孩就拿着鞭炮故意走到女生堆里去放,吓得她们哇哇大叫或者四散逃走。

但这样的场合,我从来都只是听,从不插话。吓女生的情况也不多,偶尔有一次欲行不轨,还把鞭炮和烟头放在同一个袖筒里,未及

在鸟嘴聊天的人们。

阳坡泉下——面对大西北的乡愁

走到人群里，自己在袖筒里已经点燃爆炸了。

门外如此，家里也不例外，到处人来人往，以致连我母亲这样从"大总门"里出来的最讲礼数的妇女也对来客不闻不问，实在是照应不过来。

最搞笑的是我们家族的五个堂爷爷。他们是堂兄弟，但不知道怎么结了气，互相不理睬。一个走到屋门一掀帘子，见另一人在屋里，便会一声不响离去。

掀帘的老头一走，大家就会笑话这五个老头真是搞笑。但老人没地方去，还是得碰运气。来了的不想走，一待就是半天；想来的，可能掀了好几回帘子，一看还是有其他老头在，只好又走了。如是几次，我们就会笑话说，这个老头今天没地方去，要急死了。

其实，老头们也没什么话说，只是来坐坐消磨时光。印象最深的是，一位堂爷爷的儿子结婚后，儿媳很是孝顺，老头每天到我家来，我们也不用管他，他只说一句："唉球子，昨天晚上儿媳妇给我吃了一个苹果。"谁都当作没听见，也不知道怎么答话，他已飘然而去。

等了一阵又来，说："唉球子，昨天晚上那个苹果真好吃。"又走了。

"唉球子"这个秦方言里的语气词，是老人们在发感叹时常用来开头的毫无意义的词。

去年，这个经常来炫儿媳妇的爷爷故去了。父亲给我打电话说，他自己都六十多岁了，老头们都是八十多岁了，现在开始一个个要走了。

于是一阵叹息。是啊，我也已经快四十岁了。

站在老爷豁岘看阳坡的鸟嘴人家。

吊带背心

母亲幼时，可能也没有相机，即便有，羞涩的她也未必愿意拍照。更何况，拍照会把人的影子拿走，魂看见影子也就跟着走了，万一丢了魂，还得做法事找回来。

我的第一张照片大概是七八岁时照的。当时，村里来了个拍照的，看别家孩子都在拍，于是弟弟坐了台三轮车，我站在旁边拿了把伞，在一面亭台楼阁的背景画前留影。记得那是夏天，我穿着一件小背心，可是背心一边的带子断了，是我自己把带子打了个结绑起来的，等照片出来一看，这个结无比显眼。

这成了妈妈一辈子的记忆。她说，那时穷成这样，孩子竟然穿这样的衣服照相。哪怕她把带子缝起来也好，可是因为农忙，没时间管我，死生便由了我去了。

第二次拍照，则是有个师傅到学校来，同学之间拍了不少合影，现在看来真是姿态各异，要多奇怪有多奇怪。最有意思的是，那时候不能拍彩色照片，却可以上色。也就是说，照相师傅可以在暗房里给黑白照片染色，比如在脸蛋上涂两个胭脂蛋。

尽管后来我做过一年的摄影记者，却怎么也没搞明白这是怎么弄的。只是记得，有些同学染了，但因为要加钱我没有染，收到的照片脸蛋上就没有胭脂。

最可惜的是，我的父母竟然没有留下一张这个年纪的照片，当然也没有与我们的合影。除了身份证照片，他们人生的第一张照片，是在家里我为他们拍的，这时已经是2002年，他们已经将近五十岁，这是我在为村里

阳坡泉下 —— 面对大西北的乡愁

的老人们拍摄遗照时,在家里顺带拍了几张。

母亲常说,这几个孩子中间,苦让我这个老大一个人吃完了。我几乎从不挑拣衣服,吃的也是送来了就吃,从不贪嘴。读初中时住校,没有厚褥子,垫的是草包垫,上面加一层母亲用各种破布块缀起来的褥子,冬天零下二十度的温度,照样没冻死。唯一的印象是,夜里不想出门撒尿,便将小便器官从门缝里塞出去撒掉,早上起来一看,门缝里全是冰凌。

现在想起这些,全是乐趣。尤其是那个绑起来的背心,不就是吊带装嘛!

少年书生

吸引我去报名上学的动力，除了学生出操的口号，还有课本上的图画。

不知道我从哪里得到了一本黑白的语文课本，上面的识字图案深深吸引了我。邻居陈家老三比我大三四岁，跟我关系最好，平时去野地里给牲口割草都是结伴去。有次我拿这本书给他看图，他说这算什么呀，还有彩色的，于是拿出彩色的语文课本图案给我看。

这个彩色图案，让我感受到了至今为止最深的震撼，没有之一。原来书上可以有这么美丽多彩的画面。我人活到六七岁，一直与黄土打交道，没想到世上还有另外那么多的颜色。

从此爱上书本。入学后，每次新课本发下来，我总是把语文课本先全部翻一遍，这样老师上课时我几乎什么都知道。其实神童真没什么神秘，就是预习了。这是我后来才知道的，叫"凡事预则立，不预则废"。

等到我读小学三年级，便有了些许阅读能力。当时陈家老三是初中学生，每天晚上回来，次日一早去学校。每晚与他同住一个大炕，他带回来一两本连环画，也就是我们口中的小人书，是我们睡前必要读完的，因为次日就要与别人交换或者还掉。

印象最深的，是一本讲地主诱奸小丫环的。这难道是我的性启蒙读物？

除了借来的，他家还有一本自有的小人书《白毛女》。如果没新书可看，我就翻这一本。几乎算是翻烂了吧，对大春和喜儿的爱情充满同情，但对其中的一个情节感到好奇：地主婆怎么能在家里供佛像呢？

阳坡泉下 ——面对大西北的乡愁

因为我们的习俗中，其一，女人不能进庙，敬祖宗也没女人什么事，怎么这个地主婆却可以？

其二，我们这里，每个神都有自己的地盘，且一个村里除了一个庙神，还有一个山神。只要你的祖籍是这里，不管走到哪里，庙神都要保着你的平安。

除了庙神和山神之外，不能供任何神，包括一些石头、草木，说是如若供的时间长了，也会成精成妖。如果有人私自供了庙神和山神以外的神，或者在庙以外的场所供了神，那都是"甲神爷"，要害人的。

有段时间，我姨妈家那个村子出了很多事情，大家就传说有位老太太在家里私自供了"托儿佛"，结果这"甲神爷"出来害人了。我父亲还请了个最厉害的阴阳先生，去那个村里捉过这个"甲神爷"。

典型的捉鬼流程是，先念经文，再点火把驱邪，最后法师猛地扔出去一只碗或者一只锣，只要是能扣住的东西都可以，然后那东西扣在哪里便在哪里镇鬼，上面再加各种符号物件，这镇物便要三十日不能动的。

如果这还不行，便要"起结子"来作法。每个庙神，都会在村里选中一个人作为他的代言人，即"结子"。当念经到一定火候时神灵附体，"结子"便会突然从炕上一跃而起，一个跟头翻到供桌上单腿站立，开始代神发言，就是呵斥当事人犯了某某事、要如何办之类。

"起结子"不能经常，否则要么起不来，要么起来后要呵斥："你要累死我！"

言归正传。比我们大一轮的隔壁邻居也总喜欢蹭我们的书看，但他很自私，从不把自己的拿出来给我们。我们恼了，便拒绝给他。有时他故意偷偷走到窗前，看到我们的书当面讨要，这时不好意思说没书，只好借给他。再后来，就算当面逮着也不给他了。

不料这人却找到我的父亲，说我看小人书会导致学习成绩下降，更重要的是人会学坏。

这可急坏了我的父亲。我也有应对之词：读课外读物有利于提高作文水平。

父亲不信，我道如若不然，请去问我的堂叔。堂叔原是乡中心小学的校长，是村里最大的文化人。因为家里有事，便调到本村小学任我的语文

第一章　像野草一样生死

老师。

我心里惴惴不安，虽然我的作文确实几乎每次都是范文，但堂叔是否支持我这个观点，却一点把握都没有。

感谢他，他真的认可了我的观点！于是，那人便在我父亲面前彻底失去了话语权。

很感激这个堂叔，书法和作文都与他离不开。村里的春联，约有将近一半是他撰写的。

最奇怪的一次是，我终于写了一篇自以为很"繁华"的作文，却被他认为是抄来的。此事我无可辩驳，也不敢辩。直到某年大学寒假在一起聊天，说起他对我的这次冤枉，他竟然也还记得。不过，他一直认为是我抄的，因为这超出了我的能力，也超出了他的预期。再说，他怕我万一真是抄的，从此走上"邪路"。

也是，至少到现在，作为一个以文字吃饭的人，我最讨厌的反而不是失实，而是抄袭！

小学高年级时，小伙伴们终于也开始拥有小人书了，最多的是《水浒传》和《西游记》，前者令人落泪，后者令人赏心悦目。很多小伙伴开始画中国画，先是画虎，因为我们的数学老师喜欢画虎；其次是画孙悟空，因为一个同学的父亲是木匠，要在庙里的墙壁上画。

我也很喜欢，可是真的没有绘画天分。如果要画一个人，我要先用尺子画七段线作为躯干，然后在外面画一层轮廓作为人皮。

好吧，这本书里的"请示台"就是我凭记忆画的，很明显，继续用尺子量着画。

初中，我的小伙伴仍然是一群喜欢读书的家伙，那时候我们读的书有王小军带来的《七侠五义》《隋唐演义》之类的，也有魏喜强带来的丁玲的《太阳照在桑干河上》。因为喜欢读小说，初中同学对我最深的印象是：在课堂上将书放在课桌抽屉里偷读。

那时候真的是嗜书如命，甚至还读过一本乡村医生的接生教材，让我不问大人也知道人是怎么生出来的，甚至比他们还清楚。

到了高中，则是赵彦雄带来各种武侠小说。因为班上人多，老师也不大走动，干脆将书放在桌面上读。高二那年，因为开学时买的数学作业本

阳坡泉下 ——面对大西北的乡愁

被人偷了，便干脆不做作业了。有一次，数学老师突然抽查作业，我赶紧把同桌王二果的一本作业本拿过来撕掉封皮，在第一页空白纸上写上我的名字，然后在后面空白第一页写了道数学题。

老师果然说，朱某人，你的作业好久没交了，给我看一下。我正要拿了交上去，王二果使劲拉我且又是使眼色的，死活不让交。

我有点恼，说不就借一下吗，等下还你就是了。

老师先在扉页看了一眼名字，是我；然后翻到里面一看，是一道数学题，便说："嗯，有就好。"

等我回到座位上时，王二果已经大汗淋漓。原来，这是他的化学作业本。

现在的孩子可能很难理解，怎么可以这样呢。我们那个时代，虽是省重点中学，但管理极其松懈。我有时不去上课，有时挤坐在最后一排，如果老师讲的东西无趣，便从后门直接溜走。

好吧，高中的课程过于烦闷，我要么在读小说要么在睡觉，而且是坐得很直的在睡觉。以至于上大学后，其他同学趴在桌上睡，经常被老师过去推醒，而我从来不会被推，因为我的睡姿非常直。老乔有次说，老朱今天少见的坐直了听了一节课。我说，那是在睡觉！

高中同学赵彦雄算是影响了我的写作风格的人。工作十年后，有次领导开会时无意间提起，朱某人的文风究竟诡异在哪里呢，是不是古龙小说的套路？

天哪，真的是古龙！一下子就想起了高中同学赵彦雄。

一美美

说起小时候的荒唐，比如跳大神之类倒也罢了。想起那时学校里有一个女老师，是我的堂姑姑，当地小学很少有女老师的。她教语文，上课的时候，她要每人讲一个谜语。

于是一个家伙说："铁爷爷，木奶奶，一弓腰，一美美。"

女老师一个巴掌就扇过去："这他大的，没教养。"其他人哄堂大笑。

"大"，就是父亲。我们村里的方言比较乱，有些人称父亲为"爸爸"，有些称为"大"。从孩子对父亲的称呼上，可以看出其母亲是哪里人。如果是"爸爸"，那母亲就是秦安人或者通渭人；如果是"大"，那就是甘谷人。

现在流行的"大大"一词，在秦方言里指的是大伯。具体用法为："大"是亲生父亲，"大大"是大伯，"二大"是二伯，依次类推。但用在亲生父亲和伯伯上的"大"的读音有差异，称呼父亲为"大"，读作阳平声；称呼大伯为"大大"，第一个"大"读作阴平声，第二个读作轻声。

解释一下方言，"一美美"，翻译成普通话就是"一下子"的意思。

当地骂人，不说"他妈的"，而是说"他大的"。

所以，上面这个谜是什么意思呢？从字面上看，似乎是在说男女在做爱，其实说的是一种农具，说出来大家都知道，就是处死刘胡兰和陈世美的刑具：铡刀。在乡间，这是给牲口铡草的最常见的农具之一。

自此以后，堂姑姑的语文课规规矩矩，从不开小差，课本上没有的一

阳坡泉下 —— 面对大西北的乡愁

律不讲。

这孩子其实也挺无辜，因为平时接触的大概也都是这些。乡下的孩子，从小就和爷爷在一起，大家听的看的也都与性有点关系，听个荤笑话实在算不得什么。

比如，老家那边的蛇都是有毒的。大家都知道，如果碰上两条蛇做爱，要赶快一声不响地走开，如果你敢动那蛇，立即会被群蛇咬死。因为两条蛇做爱的时候，周围会有至少十几条蛇隐藏起来保护它们。

乡下的小孩不懂人事，但对动物的那事还是懂得很多。比如牲口配种什么的，都是我们感兴趣的题材。从小就学了很多有关的俗语，比如"驴儿不行怨抽公"，意思是公驴勃不起来倒怨起"抽公"来了。"抽公"，就是配种的时候给公驴指引方向的那个，"抽公"要帮助驴屌找对地方，不然公驴有可能会插进粪道去。

与此相关的还有一句，"没日驴的本事，就不要揽三升豌豆"。这是因为，每头配种的公驴事成之后可以获得三升豌豆作为营养补充。这意思是说，没有这个本事，就不要揽事。

言归文雅。我们学校不大，和西北农家的格局一样，三面是房子，正面空着留一校门。院子中间是一座花园，有五株牡丹，红的两株，白的三株；刺玫一朵，芍药两朵，但一朵死了。

这些花都在园子四周，中间本来是一些花，后来被种上了韭菜。家里太远的老师中午不能回家吃饭，就割些韭菜自己用煤油炉子做了吃。

但农家的院子里没有花园，因为花花草草的要经常翻动，而我们要动土必先请阴阳先生看过，以免惊动神灵。所以，有后院的人家可能会种些什么，而没有后院的院子里永远不会有花草。

第一章　像野草一样生死

每个孩子都从崖上掉下一回

　　前几日，一个十几年没见过的小学玩伴打电话来，其实也不知道说什么，除了儿时的记忆，其他的什么都不记得了，问候了相互的小家庭之后似乎就无话可说了。

　　唯一留下一生不灭记忆的，是我额头上的这块伤疤。小学二年级的时候是1986年，老师说要"清除精神污染"，大家要学习少年英雄赖宁和雷锋。于是我和同学去挖泉边的淤泥，称为"淘泉"——这可是实打实的民生工程。结果，小伙伴朗朗一不小心将铁锹从泥里滑了出来，飞起来时正好铲在我的左眉上面一点点。如果再往下半厘米，我的眼睛就没了。

　　不敢给大人说，在外面躲了一天才回去，但妈妈最终还是发现了。吓了一跳的她，当时最担心的是我一旦破相将来讨不到老婆，但事已至此，却也无可奈何。

　　问原因，我说是不小心跌倒了磕的，这倒是常有的事。但后来父母也知道了，没责备，只是一个劲地庆幸。

　　我们阳坡的庄院前面就是悬崖，从对面看过来非常可怕。奇妙的是，每个孩子还都要跌下去一次，这样才命大。我还没跌的时候，邻居陈家的一位小姑姑就从几十米高的悬崖上掉下去，没死，红肚兜被半空的一株枸杞刺给挂下来了，飘在那里好久。

　　我掉下去的那次，是背着一背篓东西，转弯的时候不小心给撞滚下去了。我算是轻的，而弟弟就重了。

　　我家门前就是一条公路，很多靠深山里面的村庄都从这里经过。公路边就是崖，为了防止小孩子掉下去，大人专门在崖边垒高了一溜，结果反

阳坡泉下 ——面对大西北的乡愁

而引得小孩很喜欢在上面"走猫步"。那天弟弟下学后跟同学在上面比谁走得稳，突然来了一阵风，他就下去了。

用二叔的话说，他看见一阵尘土扬起来，好像有什么东西掉下去。再一想，好像是我弟弟刚刚在这里"走猫步"，便赶紧绕小路追下去。

等我们把他抱起来时，弟弟已经没气了。还好刚下过雨，崖下有个水坑，弟弟正好掉进水坑里，算是没硬伤，有可能只是摔得背过气去。

又是土法救命：一碗太黄水和一碗陈家男孩的尿灌下去，也就醒了。母亲直到现在还说，刚抱上来的时候发现没气了，以为必死无疑，心想这孩子还没有穿过一双新鞋就这样去了。作为穷人家的老二，他只能穿我这个老大淘汰下来的旧鞋。

如今母亲在海南弟弟家带孩子，说起这事，还直掉眼泪。

我妹妹则跌得轻，且不是门前，而是田里。那时她只有一岁左右，母亲带着我们去除草，把妹妹装在篮子里放在身边。那天是雨后，顺着我家田地排水沟下去，下面的一块田里还是一处水潭。妹妹调皮，在篮子里不停地动啊动，等到我们看到的时候，篮子已经从崖边上滚下去了。等我们追下去一看，妹妹头朝下插在泥里，两腿朝天乱蹬。

当然也是没事。

我还有过几次危险的事情。那时已经上学了，学了几句看天气的口诀，看云能识天气，经常也还灵验。那天和一群小伙伴在山上放驴，看了一下云，觉得应该是没大雨，就没回家。结果雨下下来，竟然是暴雨，驴已经顺着大道自行往家狂奔去了，我只好抄很陡但离家近的小路往家赶。

我家院子后面的悬崖壁上，有条半米宽的小路斜着修下来，像是栈道，但不可能有任何护栏。就在这里，我本来想顺着小路溜下来，可屁股一坐下去，就直接溜出了崖边，正好下边也是一块涝坝，掉水里了，竟也毫发无伤。

说到死里逃生的事，还有两次。我小时候非常贪玩，自寻各种玩法。有次想站在"工"字形的一把夯土的础子的柄上，包括母亲在内以及我自己至今也搞不清楚，我究竟是怎么站上去的。因为础子的柄有一米高，础子只有一点点大，无论怎么攀爬都会翻倒，但我硬是克服了平衡问题，单腿站了上去。

母亲看到我单腿站在柄上向她炫耀,与我倒栽葱翻下来,几乎是同一个时间,只听"哎哟"一声就没气了,又是掐人中又是灌太黄水,又活了。

见惯了这种摔打,对掉下崖就没有多大想法了。有次一位新嫁过来的媳妇争吵之后要跳崖,我们都去看热闹。只见一阵灰尘,真跳下去了,但我们一点都没在意,反而在鄙夷:真想死就该去喝农药,朱家山的崖再高也摔不死人。

但长大后的梦里,经常是站在悬崖边脚就酸软,从梦里醒来,一身冷汗。

最近的一次跌落,则是在高考结束后。我家二十多亩地,我要在一个暑假里赶着牲口一垄一垄地犁两遍。犁完之后,如果地里尚有未挑到打麦场的麦子,还要挑一担回去。

那天我犁完地非常累了,把犁具什么的让牲口驮着回家,自己则挑了一担麦子往回走。结果在一处转弯时,小道太窄,扁担两头别了一下,我被别到沟里了,心下大怒,干脆顺沟躺了休息。路过的一位村民看了后,回村向大家叹息:"这孩子要是考不上大学,该怎么办啊!"

还好,半个月后,一个去县城看分数的堂哥传来了消息,我被兰州大学录取了,他也考上了甘肃农业大学的专科。我们家族一下子出了两个大学生,想想,我们村还没几个呢。在前一年,我另一个堂哥考上了天水师范学院,是我们朱家的第一个大学生。

站在阳坡对面的阴坡看,阳坡的鸟嘴人家一出门就是垂直的悬崖。

阳坡泉下 ——面对大西北的乡愁

在很小的时候，也有过一次想想都怕的经历。那时弟弟才出生没多久，我应该是三岁多一点，跟着父母在地里挖土豆。时间一长，妈妈怕弟弟醒来哭，就让我回家看看弟弟醒了没有。

我本来是站在父亲这边的，便从父亲前面穿过到母亲那里去拿钥匙。结果，父亲没看到我，一镢头就挖下来了。等发现的时候已经来不及收手，一着急方向一偏，镢头一角直接进了我脑袋，鲜血直冒。

那时候孩子真不值钱。妈妈继续挖土豆，爸爸一手捂着伤口一手抱着我去了乡村医生那里。

长大后提起此事，母亲说她也很着急，但农活不干就来不及了。她后来看到我一蹦一跳自己从山梁上走回来，就知道没事了。至今，我头上的这块伤疤上头发都比别处稀疏。

山梁很高，从远处看的时候，只有老天是背景。小小的人儿一蹦一跳，隔几座山外都能看清是谁家的娃。且空气中还飘着我的歌，被风吹得有一搭没一搭的。

逃离故土

对于甘谷这个地方，真的是一言难尽。先讲一个伤害人心的故事吧。

那年高二，周末。我家离县城有八十里路，所以周末一般不回家，一个人整日在操场上打篮球。现在很多人奇怪我这么短小的身材怎么会打篮球，那是因为高中时期的周末，篮球是我唯一能进行的单人运动。

一个夏天的周末，我在校门外的沙场上——那是体工队的训练场，偶尔也充作部队的训练场——一个人走着，被一个留着中分头的小伙子拦住了。印象中，他似乎也是个学生，但我不能确定，因为经常有社会青年到学校来打架闹事，也许是我哪次在学校的武斗中见过。

这场祸事注定躲不过。他伸手要钱，我没有带；搜身了，没有。我很屈辱，也很幸运身上没有带钱！

于是约定下午四时在原地交钱，我带了一元钱给他。那人撕着我胸口的衣服威胁，但毕竟是没有钱，只好作罢。

后来有次我在街上碰见他在打台球，双方目光对峙，他笑嘻嘻地看着我，而我没有一丝害怕地直盯着他，心里在想：总有一天，你会死在我手下——此是后话。后来考上了大学，我是斯文人了，但愿不会再碰见他了。不然的话，我会不得不违背自己当初的誓言，因为我绝不会报复，我认为他只是个小混混，不值得我计较。

此事就这样结束了，算是很幸运。经常有些成绩很好的乡下同学，因为考试的时候不让小混混抄，便被殴打。有时候，小混混会在教室外面招手让他出去，我们都知道，他又得挨揍了。

乡下来的学生对此几乎毫无还手之力——那些人你根本惹不起，因为

阳坡泉下 ——面对大西北的乡愁

你要读书、要安静的环境,而他们根本不用学习,整天就是游荡、寻衅滋事、泡女生。更关键的是,他们往往是县里某些要员的子女,官方根本不敢管他们。

大约也是高二末期,官家组织了一次运动式的严打——一些官家子女当然没问题,而他们的跟班兄弟们则被手铐铐在树上示众,如是者三日。

过后,那班被铐的混混,更成了无人敢惹的"英雄",你只要敢多看一眼,就有可能招来一顿老拳。

高三文理分科后,我不得不加入了一个"帮派"的外围组织——起因是一位女生。

教室里课桌分为四列,这位女生和我正好是中间两列,于是在一半时间里我们是同桌。剩下的一半时间,为了防止眼睛斜视,每隔一段时间就要与其他人调换位置。

上课的时候,她经常掐我的大腿,惧于老师的威严,我只能咬紧牙关撑着不作声。一下课她就会跑掉,我作为男生,是不好意思去追打的。

直到有一次,我抓住了她的手。待下课老师一走,我把她胳膊往后一扭,"啪"——她就趴在桌上了。后面的同学一阵哄笑:"他们家又闹家务了!"

这时我才知道,原来我和她已经传绯闻了。

传绯闻不要紧,要紧的是有个暗恋这女生的小混混从此忌恨上我了,并寻机要收拾我。听闻此事,我赶快加入一个"帮派"的外围组织寻求组织保护,同时跟这位女生划清界限——约定从此不认识、不说话。直到我读大学时,到学校去拿什么东西,在街上碰见才开始重新说话,算是重新认识了。

是在说屈辱,怎么说着说着就变成风流史了呢!也罢,这人天生好吹,再吹一次又何妨。不过那被勒索的伤痛,让我这个颇有尊严感的人,至今无法释怀。

有时候看到校园暴力的新闻,我立即会想起自己的人生创痛,偶尔也在想:我也许应该组织一个"校园除奸队",专门打抱不平。有时想想,这意味着成立"第二政府",必须以"黑帮"的形式运作,迟早也是另一种"黑帮",所以,还是期望一个良治的政府吧。

甘谷的暴力传统一直绵延不绝。在"文革"期间，甘谷县武装部失控，红卫兵动用了机关枪，直到天水军分区出面弹压才制止住。

刚刚在高中同学QQ群里讲到往事，一位同学突然说，其实想想以前，挺对不住同学们的——"那时俺是不良少年"，后来才从别人嘴里知道，一个一起玩的小混混晚自习找同学老杨的事，也不知道这么多年过去了，老杨原谅他了没有，"其实当时我真的不知道"。

提起我正在写这篇文章，他特别叮嘱："老朱，把我说的这段也写进去吧，也算是对高中的一段回忆。"

再说两件事，均与高考有关。

一个是在高考前夕，广泛流传学校隔壁某户人家的丈夫回到家来，发现自己的父亲和媳妇搞在一起，且拔不出来了。

小伙子无奈，只好用架子车把这一对乱伦的翁媳送到医院。进门时，医生问，不是挂了两个号吗？怎么只进来了一个？小伙子便默默地掀开了被子。

这个或真或假的故事，给紧张的备考生活突然抹上了一层放松到腿软的色彩。此事后来传得有鼻子有眼，以至有人考证说，这种事故，在1949年鼎革前，本县也曾发生过一起。

与甘谷的故事快要结束时，发生了一起上了中央电视台《焦点访谈》的大事。

那时高中已经实行全省会考制度，每个学生都有学号。高考报名也基本以学号为序，但有些同学发现，一些人莫名其妙地没有进入这个序列。

谜底是被《焦点访谈》揭开的。

原来，县里的官员和教工子女，被集中到某几个考场，考试时放任他们抄袭，甚至有老师替他们答题。当然，这全是理科考场。

这种事，却不是第一回，而是由来已久。甘谷县历来与武山县的老师对调监考，互相"放水"。结果，这年突然与秦安县的老师对调，秦安的老师与甘谷县的老师没有默契，当然不愿装聋作哑，以免给本县的学生造成不公平竞争。

当这些秦安的老师制止作弊时，有些学生当场拿出匕首插在桌上，公然威胁监考老师。

阳坡泉下 ——面对大西北的乡愁

秦安的老师私下请来了电视台记者偷拍且报了警，他们前往考场时，有武警陪同。

电视台记者偷拍的事，我们都不知道。对考生持刀威胁监考老师的事，当局竟然也没当回事。记得考完第二门课后，我坐在街边的铁栏杆上，与一位跟我同名但不同姓的同学聊天，说起题目不是很难，被他狠狠地鄙视了一番。

那几天也是罕见的热，我们都没有备水杯，就在那渴着。下午那门课，我是把T恤掀起来罩在头上挡太阳一路走到考场的。至于夜里，太热又有蚊子，干脆与一位同村的朋友在一家机关办公楼的楼顶躺着看星星，一直说话到天亮，再睡眼惺忪去考场。

考试一结束，那些作弊的镜头就在《焦点访谈》播放了。虽然仅是几个理科考场，但全县考生均被牵连。可以想见，有集中抄袭的考场，肯定也有个别抄袭的情况，有些同学仅仅是因为与抄袭者在同一考场，便被无辜牵连取消了成绩。而我们文科生，虽然没被抓到抄袭，但同样在录取时受到诸多限制。

因了此事，我在兰州大学报到后，班主任老师有点诡秘地对我说："甘谷的考生……"言犹未尽的样子。

我想，我再也不想回到甘谷了。果然，以后回家，我都不愿乘火车到甘谷，而是乘汽车从秦安回家。后来到东部工作，也是从天水经秦安回村。

桑梓之责

桑梓其实应该称作"乡党",因咱是西部甘肃人。

村里有事,我总不能袖手旁观吧。其实,咱的能量太有限,只不过有时候狐假虎威,别人卖个面子,也就算是造福乡里。

比如以前变压器烧坏了没人打理,我一个电话便有县里相关部门层层下达到乡里村里,于是很快修好。

这次变压器又因管理不善烧掉了,等到父亲跟我说的时候,已经断电一个月了。一般来说,父亲尽量不惹这些杂事,他其实知道我能量太过有限,不能揽事的。

但是这次,主管我们这一片的电工和村干部不知道怎么商量的,反正要集资买变压器了,总共一万多元。对于村民来说,每户三四百元,总是一笔很不小的支出。

我试着打了几次电话,没有找到主管生产的电力局副局长。直到周四下班前,我才打通了这位副局长的电话,他说你在哪里,我老实说是在杭州,估计是局长大人有来电显示。咱也没说是啥子屁民,只说我老家是在朱家山。我汇报了情况,局长答应过问一下。

于是我赶快打电话给小学同学贵生,他算是个热心人,苦于一直找不到供电局在哪里办公,一直没个头绪——这个单位最近在建新房,所以一般人打听不到临时的办公地点。

根据我的指点,周五一早,贵生跑到这位燕副局长办公室哭诉了一番,顺带着吹了一下给他打电话的是哪里的记者云云,副局长当即拿起电话给供电站打电话:"我不管你想什么办法,三天之内必须通电。人家断

阳坡泉下 ——面对大西北的乡愁

电一个月了,你们竟然都没上报。"

后来,我和父亲也讨论过,奇怪为什么供电所一直没有上报,这又不用花他们的钱,根本无关责任的事情。想来想去,是他们太不把农民的事情当回事了,或者说正好趁此机会讹农民一笔,反正农民哪里知道变压器坏了可以免费更换。

过了一段时间,父亲说变压器已答应给了,但是配套要村里买,估计要一千多元。但因大雪封路,当天没能把变压器拉来,次日应该可以上路。

我说,无论如何,先把变压器拉来,抓到手里再说。

此外,特别交代,这事是我那小学同学贵生跑成的,跟我实在无关。

当晚,村民们又聚在我家门外聊天,父亲说三天之内可能会来电。众人问何故,父亲说了一番我打电话询问的事情。其中一位村民说:"吹吧!要是这个真靠谱,凡产生的一应费用我全包了。"

两天后的结果是,变压器让供电公司提供了,而配套的表箱之类的由电工提供,且锈迹斑斑,据说价格高得离谱。

这还不算,连施工费也收走了。我在想,供电公司的人施工,难道要村里出费用吗?

至于那个不屑一顾要承担费用的主,早不露头了,父亲也不去找他。

但费用这么高,我父亲自然是看不惯,算了一笔账,觉得村民集资的钱即使刨去这些费用,应该还有些盈余呀。但村干部说,其实还不够,他本人还倒贴了一百多元呢。

可能是想堵我父亲的嘴。有人说,十年前,我父亲把动力线拆了,导致变压器负荷不平衡,这才把变压器烧坏了。

此事又牵涉很多。当初村里通电的时候,我们家想用动力电,但村里伙同供电公司硬是说没线啊之类的理由,就是不给引线。于是,父亲连夜进县城买了电线来安装上了。

十年前,也就是我大学毕业那年,我们家磨坊关门了,父亲想让村里出钱把这条线路买下来,被村里拒绝了。父亲只好把动力线拆下来卖掉,这本来就是我们家的私产嘛。

但这个指控很严重,父亲不得不认真面对。当然,后来电工听说这事后，主动把事情揽了下来，说是他乱说的，这事就算完了。

父亲最后总结说，有人之所以一定要鼓动买东西，其实就是想从中渔利。现在的人啊，想弄钱都快疯了。

有句话说，乡下人真是没有任何办法，只要有一点点门路，就会死死抓住。我们村里在外面工作的也不算少，但能给村里办事的又不会嫌多。我大学毕业时，多少人想让我留在甘肃，但我这人怕事情多，加上其他因素，硬是到外地工作了。这样，我们村民对我们家的恩惠，怕是永远也报不了了。

但另一方面，我是最经不得别人来求助，只要开口，无论能否办到，我总是一口应承。在这方面，我真是一个算不上急公好义，但绝对喜欢多管闲事的主。

所以，父亲就成了我的把关人。如果有人向他提出希望我能帮个什么事，他总说"牛脖子再长，吃不了隔山的草"，意为"我不在甘肃，哪里帮得了什么忙"。如果逼急了，就说一个小记者哪有什么能量啊。这是实话，只不过是可能比别人多认识了几个人而已。

一旦父亲支支吾吾给我说有个什么事，我就知道肯定是他扛不住了。他答应的事，我无论如何就算碰运气也得去试啊，就像这台变压器。

但每到此时，母亲都会说他，因为母亲太了解她儿子的能力了。很多时候，在外面工作并不是人们想象中的那样有强大的能量啊。这个时代，不是考上状元就出任巡按御史的年代了。

阳坡泉下——面对大西北的乡愁

梦归学堂

我不止一次地梦想过,有一天我会回到小学校园,给那里的学生上课。

前几天又做梦,觉得应该趁着暑假回去避暑,给本村不管哪个学年段的学生集体讲讲作文怎么写。

但这又实际上做不到。只好每次回家时,只要有可能,就去学校坐坐,与老师们说说话。

其实,我小时候的小学已全部被铲平重修过,唯一的痕迹竟然是一株刺玫。前些年回家时去小学逛逛,虽然教室簇新,但学生们的神态与我们当年毫无二致,还是有小学一年级的孩子因为不敢向老师要求去厕所而尿了裤子。

学校的乒乓球台不见了,以前的木制篮球架也不见了,有了新的金属篮球架,但场地不够,只有一边树起来了。原来校园中央的那个小花园也不见了,那时候小花园里有各种本地不常见的植物:芍药、红白牡丹、刺玫、沙柳,有时候还种了韭菜。

在原来种刺玫花的地方设了两根木杆,一根作旗杆,一根上架了两只大喇叭,旁边还支了一只"锅"用于接收电视信号。结果刺玫根深,后来竟然又长出了新枝。

说起这刺玫花,可是我小时候最爱的。以致长大后第一回给姑娘送花,就是送了一盆刺玫请她养起来。

学校是2006年春天重修的。当时学校没地方上课,决定化整为零,一、二、三年级为一分校,四、五年级为二分校。一分校选择在我家隔壁

第一章　像野草一样生死

陈叔叔家的老庄，正好三面房子作三间教室；二分校选择了权家老庄那边一个老院子。

但家在其他村的老师们平时住校，这下没地方住了。正好我家的磨坊以前住过人，母亲说，要是老师们不嫌弃，可以住这里，反正里面炕什么都是现成的，打扫一下卫生就可以了。

校长千恩万谢住了进去，但麻烦接踵而来。学生们一下课没公共活动场所，我家门槛上、驴圈门口都坐满了学生，挡得家里的人出门都出不去了。

关键是孩子们没水喝，一看见妈妈挑水回家，便冲上去喝个干净。西部乡下现在严重缺水，哪里经得起这般折腾。甚至有一次，一群孩子将我家两间房子当作战场打成一团。

母亲向校长提了抗议，校长骂了学生们一下。不过，只安静了几天，孩子们哪里管什么主人高兴不高兴，故态复萌。

作为一种妥协，校长和母亲商量，由我家给学生们供水，但每天放学前校长要派两个学生抬两桶水作为补偿。

就这样坚持到暑假新校建成，师生们重新回到校园。为表示感谢，陈叔叔和我家各得了学校的一斤茶叶和一包奶粉。

想起来，我小的时候学校也翻修过一次，不过那一次是部分翻修，而且时间很短且又是夏天，所以只有部分学生被搬到打麦场上上课。第一次走出教室上课，既新鲜又刺激，便成了小学的欢快记忆。

那时候，学校的建筑形制还和农居一样都是四合院，三面盖房，一面排水。靠西的那间教室冬天非常冷，门前的冰基本上整个冬天都不会化，于是一下课这里就是天然的溜冰场。

有一次，有娃在这里不小心摔了一跤，直接没气了。他父亲赶过来连声问：

家乡小学教室（拍摄于2005年）。

阳坡泉下——面对大西北的乡愁

"有娃、有娃、有娃,你看我是谁?"

这位父亲偶尔外出做生意,可能是急坏了,直接吐出一串普通话来。可在我们那里,说普通话是要被耻笑的,觉得你这人"扁叶子"。所以我回乡后别人说我"口音一点都没变嘛",我知道那就是在夸我了,还有比如我穿了棉袄回乡之类。

这个事可能是秦方言区特有的。你看陕西和甘肃官场的官员们,很少讲普通话,全是秦方言。有娃父亲这句普通话,成为村里经久不息的一个笑话。

一到冬天,值日生的主要工作,就是赶在大家上课前将教室里的炉子生起火来。为了省钱,冬季到来前学校会买一些煤渣,混些泥土搅拌后晒干成块。可想而知,这些"砖"经常烧不起来,于是每到上课时整个教室全是浓烟,咳嗽声响成一片。

那时候,家在十里外的祁老师都赶回家吃午饭,晚上更是没人。但要是哪个学生的作业不好,也是要被留在学校做作业的。有一次,梁彩英被祁老师留在学校做作业,但祁老师走的时候给忘了。学校旁边的一户人家晚上听见学校里有女生的哭声传出来,以为是鬼,吓个半死。

后来又觉得应该是人,于是喊了其他人一起去看,才发现是梁彩英。那时候我们都相信真的有鬼,要不是有人去看,这女孩子家的说不定真的给吓傻了。

另一起事故与我弟弟有关。我们盖堂屋那天,老师批评弟弟作业太乱,于是弟弟在老师批语后面用铅笔跟批:"朱XX,你敢管我吗?"

朱XX是老师的名讳,小孩子当然不可能叫大人的名字,尤其是老师。弟弟本来想在小伙伴面前逞个能就擦掉的,结果给忘了。老师一看到交上来的作业就火了,命他双手垂直站好,但弟弟要充汉子硬把双手举起来,结果尿都被打出来了。

回到家来,少不了还有父亲的一顿打。老师命我将此事通知父亲,正在盖房的父亲抓过来就打,幸被帮工盖房的村民拉住。听我说尿都被老师打出来了,父亲说:"该死的(活该),往死里打!"

现在,这学校已经凋零到快撤销的地步了,四、五年级的学生都去乡中心小学就读,这里只有一、二、三年级。想当年,我们这里有周边

第一章 像野草一样生死

两个县的学生来读书,可是热闹,不想竟凋零如斯。

那个时候,外村的学生非常辛苦。他们天还没亮就得出发,从乡间小道上一路走来,经过我家门口时我才刚刚起床,于是抱了书本跟他们一起去上学。中午的时候,我们回家吃饭,他们只能凉水就着馒头凑合。

我记得,有个外村的丫头,长得很漂亮,也很羞涩。不知道后来怎么的在山梁上开了个缝纫坊,竟传出一些不好的传闻。

校园唯余刺玫还在坚守。

第二章

吾 社 吾 族

当我在台湾参观时，一开口，就被一位女作家盯上了。

后来，这位女作家问我："你是不是祖上甘肃？"

啊！

不管你走到哪里，你的乡音，你的饮食，你的举止，一举一动，都带着童年的印迹。你改不了、挥不去，一直到你死。

哪怕你在路边蹲一下，我都能判断出你是秦地人。因为那个蹲法，叫作"狗蹲"，其他地方的人蹲不出这种味道。

你的身上，就是你的故乡的影子。每一个人，都是故乡的表达。

那位台湾女作家，他的父亲是甘肃陇南人。当时已经故去多年，但父亲的乡音使她一下子就辨别出了我。

朱把式传奇

本村尚武，夜间常有武艺切磋之事，高手迭出，难道我祖上是军户移民？

当然，甘谷县"一只鸡娃也会捣脚步"，说的就是甘谷习武风盛，而甘谷县就是明初移民大县之一。相较于周边村庄，本村确比周边甘谷县乡村更有武风。在十几年前，村庄之间经常发生械斗，本村从无败绩。

以致我父亲小的时候，经常被他在秦安县的表兄弟缠着教武术。我们村阴坡上队的人尤其凶悍，那个小组逐渐改名为"梁山"了，意为好汉迭出。

关于本村的尚武，曾有"三进三出"太平镇的说法为证。

话说民国某年，秦安县有一美女改嫁，各处豪杰纷纷派人提亲，婆家娘家无法应付，到最后就是谁的拳头硬谁便娶走。

本村一人，选好日子便去抢亲。到了婆家，便将人从窗口接出来，背起来就跑。

另一伙抢亲的见状，呼啸追赶。一口气跑了几十里地，眼看着对方就要追上，值此紧急时刻，邻村一老头远远隔山望见，一声大吼冲下山来。

对方见状，疑有伏兵，便不敢再追。

上学读书后，课本里尽是老鹰抓小鸡，但在我们那里，吃小鸡的不是喜鹊就是鹞子。有搞霸王硬上弓的，民间会给他一个"鹞子客"的名号。

鹞子吃小鸡，那是用嘴"叼"的。于是，这媳妇被人们唤作"叼女"，意为鹞子客叼来的媳妇。

大家都靠拳头谋生，村庄之间的械斗就不可避免。秦安县一个李姓村

阳坡泉下——面对大西北的乡愁

庄，暗地里商议要灭了我村。正好我村一姑娘嫁在那村，便早早透露风声过来，要娘家做好防范。

某日，两村民闲来无事，跑到大婉梁上远望，却看到梁背后有一伙李家的人一边晒太阳，一边脱下棉袄抓虱子。

那时人穷啊，一年四季可能就那么一件衣服。因为没衣服换，所以有虱子。那是个春天，可能对方要等到太阳下山后才发起进攻，在山坡上等得无聊了，就像往常晒太阳一样抓起了虱子。

两人一看这阵势，根本不用回村喊人，悄悄迂回到对方阵前（此人可能是我的曾祖父），大喊一声"娘日的怎么这么快"，便往坡下一阵冲锋。对方还在惊愕之际，土坷垃、石块已齐齐乱飞，那些正在抓虱子、挠痒痒的人经此一冲，根本来不及细看，只顾抱头鼠窜。

村里两个跑龙套的，竟然杀退一次蓄意良久的进攻，自是扬眉吐气。

听起来，本村在战斗中从无败绩，但是粗人总容易被胜利冲昏头脑。永远的胜利，一定会带来自大和自我毁灭。

本村的武林高手在太平镇里有个徒弟，那徒弟老早就通风说，太平镇的人想收拾武林高手。

武林高手哪里瞧得上那些人，大喇喇只带着儿子就大摇大摆去了街上。

双方作战，一般来说不敢攻入对方地盘，以免中了埋伏，这是兵家常识。敢在对方地盘上如此招摇，真是寻死的节奏。

太平镇的人马团团围住父子俩，说明对方有备而来，怕是全身而退有困难了。于是老头命令儿子先撤，但儿子要求一起走。

老头可能认为，只要儿子出去，自己离开根本不在话下，于是拒绝了儿子一起逃走的建议。

"世上没有我的对手。"这是他留给世界的最后一句话。

儿子已经离开，武林高手放开手脚大干一场，从街上打出来算是已成功脱险，但武林高手还嫌不过瘾，竟然又冲进去打。

如是者三。

第三次冲进去时，静静悄悄无人声，错愕间，飞石、瓦片雨点般从屋顶飞下来。

可怜一代英豪，愣是身手再厉害也敌不过这般枪林弹雨，竟被砸成肉泥。

虽然殒命于此,但"三进三出"太平镇的事迹永远流传在朱家山,成为后生们勇气的来源。

武林高手给后世留下的教训是:绝不打到人家门口去。私下里还有一句话告诫后代——"打死的拳棒手",这是与"淹死的都是游泳高手"差不多的意思。

这个咒一直念着,直到2002年左右,我村小青年因为在戏场里争女友的缘故打到另一个村里,但只此一回,未敢恋战,即行撤出。

另一位武林高手朱把式的死则与本村内部的争斗有关,有人假官家之手灭了他。

朱把式,常住李家河碉堡,那里是秦安县地界。本村是通渭县地界,而隔山便是甘谷县地界。一脚跨三县,官兵抓壮丁时,只需逃半面坡,就能跨到任意一县,官方也不能越界抓人了。

朱把式选择秦安县作为居留地,估计也是不想在本地为匪的缘故。

一日回家住时,村里的对手闻讯而至。一伙人团团围住院墙,自是插翅难逃。

不料,朱把式有的是办法,一根五尺棍往地上一撑,飞墙而出。未等众人反应过来,已从悬崖上飞身而下落入泉下家族的院子,再一个飞身已翻至沟底,夺路而去。

一伙众眼巴巴看着朱把式表演高超身手,只叹无可奈何。

最后是秦安县官兵围困,才被缚往县衙。

县长见他身手,惜才,不欲杀。来村调查,对手自是说非死不可,设若放虎归山,全村乃至邻村皆被屠戮。

县长问朱把式提手的何种武艺,答曰"双刀"。问可表演否,答只需饱食三天三夜便可。

三日后,未敢给钢刀,一把木刀耍得县长直叹人生并无虚度,且有令其带兵之意。

再来村调查,又是一番非杀不可的说辞。可怜一代把式,就此人头落地。

据说,此两位武林高手故后,本村只剩一些猫手猫脚的三脚猫功夫,

阳坡泉下——面对大西北的乡愁

鸟嘴的任何地方都能看到碉堡,碉堡从来神秘,本为防匪而建,结果反为匪窝。

真正的武林秘笈就此失传。

有时想想,我村武斗的对象均来自秦安县,有时真怀疑:可能作为军户移民,我们的祖先太不安分,总与当地发生争斗。

其实,青年之间的械斗,多半不是因为利益,而是因为太闲练练手。比如说,A村青年看上了B村某姑娘,趁着看戏的机会去调戏,B村男青年当然出面阻拦,于是冲突一场。

而在我们小的时候,练习打架是必修课。在我小学一年级的时候,高年级一个大高个就是我们练习打架的对象。一群小孩,抱腿的抱腿,抓胳膊的抓胳膊,踢的踢,打的打。最常见的是,那大高个实在手脚不够用了,于是转身抡起来,每只胳膊上可能有两个小屁孩,这四个小孩就在空中盘旋,而脚下仍有几个小孩固定住这大高个。

平时的行事作风也很过分。我弟弟跟人去放驴的时候,经常偷人家地里的土豆来烧。有次偷了邻村田家的核桃,田家从村里追到谷底,反被与弟弟一起放驴的旺福把人家打了一顿。

我和邻居陈家老三去割草,一次偷了庞彩彩家的苜蓿,被人家追得连人带草都滚下了山坡,但次日偷得更多。

丁象儿,则是邻村一个老头的名字。在俚语中说"吃了丁象儿爹的亏",意为"亏吃得很大又很不甘"。我弟弟他们放驴的时候,经常跑到人家村里喊"今天又吃了个丁象儿爹的亏",丁象儿家人追出来骂几句,他们就用土坷垃还击。弟弟说,现在想想,我们村的人真是太坏了。

却说两位武林高手,争斗中死伤最惨。留得几个子弟,到了1949年鼎革后被认定为地主成分,便家财散尽。有些人只好远走他乡讨生活,家里留个腿脚不便的,也在2014年去世了。

他家离学校很近,在我读书时,经常听到他在门外公开大骂"XX党弄得我家破人亡!我日他先人!"因为地处村子中央,骂声便飘荡在全村上空。如果他儿子再把高音喇叭打开,那就隔村都能听到了。

| 阳坡泉下 ——面对大西北的乡愁

龛里人

很多人可能参观过山西云冈、洛阳龙门、麦积山石窟或敦煌千佛洞，这些高大的佛像足以令人心灵震撼。但并非所有的石窟都是这般模样，泾川等地长达百里的石窟长廊，就像一个个小窑洞，一点也不出奇，以至于专家们要拨拉开野草才能发现它们。

窑洞同样也是，有毛主席在延安居住的高大宽敞的，也有"右派分子"在夹边沟里居住的半坐半躺的。

我们小学旁边，就有一个悬在半空、仅容一人进入的小土窑。因为太异样，一直让我们觉得神秘，很多时候觉得那应该是个佛龛。何况，在我母亲的口中，这样的小窑洞确实应该称为"龛"。

那是一对老夫妻的家。他们的两个儿子都很有出息，一个在做生意，一个在乡政府工作。庄院也很宽大，但两位老人就是不愿意离开窑洞。

而在我们这里，子女如果没有同老人住在一起，那便是不孝。风俗如此，无论如何子女一定要把老人弄回家里居住，哪怕是媳妇不孝，儿子也要让老人住在家里，以免别人说闲话。

在我读小学的时候，有回那窑洞的门竟然被封了。一问，是大儿子趁老人不在时干的，为的是逼老人到家里住。

老头一回来就大骂不止，三下五除二马上拆除了障碍物。如是者三，村里人也看在眼里，儿孙们也只好冒着招人指点的风险，让老人继续住在窑里。

老夫妻有时也会闹矛盾，有一次女的扬言要同他分家在旁边再挖一窑，但未及实行关系又和好了。

直到2005年，老人已是风烛残年，老伴也已过世，这才拗不过儿子的强烈要求住进了新房子。

至于老人不愿意离开窑洞的原因，大家一致认为那窑里肯定是埋了银元。因为老头子还种些庄稼，老太太几乎脚不沾地地天天在外面跑，有人说是去陕西做什么生意。

在窑洞被封的那天，有年轻人思谋着要挖开窑洞去看看，但又觉得不可能埋得那么浅，也许洞门还没挖开，老头一刀就砍下来了，终究是不敢。

老头发现窑门被封后的急迫神色，让大家更肯定窑里埋着银元了。

至于埋没埋，现在我们都不知道，就算埋着，也跟我们没什么关系了。

有关系的是子女对老人的孝心。我亲眼见到父母因为儿媳的关系坚决与儿子分家，儿子号啕大哭着跪下来求父母的情景，但现在很多儿子拗不过媳妇，只好让父母分家另过了。

狗命

小时候，家里只能点煤油灯。常见村民拿着小油壶到我家来买油，因为我家有柴油机，一次性可以买一大桶；加上那时候有"官倒"，通过亲戚的关系，我们家也可以买到便宜的"指标"油。

"官倒"是什么？是改革开放之初，物价半开放，同一个商品一部分是管制价格，另一部分随行就市。一般来说，市场价当然比管制价要高，于是谁能获得管制价的那部分商品在市场上一倒手，就是利润了。

管制商品是凭票供应的，领导手书的小纸条也顶用。你明白的，当然只有官家子弟才能获得管制价的商品，于是被称为"官倒"。20世纪80年代末期的一起大事件，就是以反"官倒"为名目的。

话说只有煤油灯的村庄，一到晚上就漆黑一片，狗叫必然有外客或贼人。那时，狗的重要性，与今日相比不可同日而语。

但对孩子们来说，狗就是玩物，甚至是最讨厌的东西，比如有娃家的那条狗就经常在操场上追逐学生。于是，某日我们眼见得那条狗与另一条狗开始交配，马上展开攻击。

公狗那玩意儿有倒钩，所以一旦入港，匆忙间是抽不出来的。两条狗受到我们的攻击，开始分头逃窜，但由于那玩意儿钩住了出不来，直到有娃家那条狗被我们打死。

有娃爹找到校长寻麻烦，校长一听，拿起抬水的杠子追着学生满校园地打。

但不是所有的狗都能被制服，舅舅家的狗就是远近闻名的。我在舅舅家住了半年，这狗对我来说还是最大的恐惧，从来就没混熟过。我曾经尝试与它交好，但它从来都是敌视我。每次去舅舅家，一定要快到村口时先爬上树，再大声喊表哥出来拦狗。

唯一的一次与小叔叔同行，仗着学了几手武艺，便不喊人直接去，果然脚后跟被偷袭。这才明白，狗是不认识武术招式的。

每天下午放学时，路过的学生总被这村里的狗追得鬼哭狼嚎。说起来，个个咬牙切齿。

在弟弟的记忆中，这几条狗是去舅舅家最大的阻力。其实，庞家河的狗也是令我胆寒的。

我们这里，除了铁门槛，另一处有石头的地方是去外婆家要经过的庞家河谷。走在谷底，可以看到岩砾堆积的山崖。

这个村有一段青石台阶的路。与南方到处青石板路不同，这里是我小时候仅见的青石板路，是去外婆家路上的乐趣之一。但因为那个村里狗多，经过这段石板路得蹑手蹑脚，以免惊动了村里的群狗。

我外婆去世那年，母亲走到此处便开始放声大哭，直到舅妈把她接进家门才止住。回程的时候，也是一直哭到这里才止声。

我们的风俗是，一有父母故去，出嫁的女儿要在村头开始哭孝。

舅舅那村的狗则直接惹事。某次，我们邻村的嘎儿，赶他家母猪去配种，回来时经过舅舅家那村，被一群狗吓得爬到树上半天下不来，老母猪也跑丢了。

待救下来时，嘎儿已经失神不能说话。后来人们说，嘎儿的魂被吓丢了，在

庄院里的狗。

阳坡泉下 ——面对大西北的乡愁

家里起不了床了,不得已请了阴阳先生来叫魂,这才救回来。

舅舅家的狗,小姑家的驴,是畜生中的两大害。有次小姑的公公牵这驴来给我家干活,结果在饮水时没牵好,活生生把村里另一头驴给咬了。那家的媳妇赶到爷爷这里,把我家骂了个底朝天。

说起最有本事的也最实用的狗,是堂叔家的那条大黑狗。那时没有卫生纸,各家小孩子拉屎了,全喊这条狗来舔,不但地上的舔掉,连屁眼都能舔干净,比纸擦还干净。我就亲自抓住弟弟,让这狗舔过。"它的功劳,我觉得完全可以顶上几个大人。"弟弟认为。

爷爷也曾养过一条狗,但除了吓过往的学生,一点用都没。它打架也打不赢,也不会干活。

走口外　上新疆

"甘肃的洋芋蛋，能吃不能干。"

这话是新疆人口中的口头禅，充满了对甘肃人的鄙夷。奇怪的是，新疆的汉人又有多少不是来自甘肃呢。在这里，要么来自甘肃，要么来自河南，岂有他哉。

至于用洋芋蛋（即土豆）来称呼甘肃人，倒也恰如其分。甘肃的特产是土豆，尤其是中部包括通渭在内的产区，土豆品质更是一等一的好。甘肃东南部的人，从年头吃到年尾的，除了浆水，就是土豆。以前到了冬天，土豆更是唯一的菜品。所以有外村社火队来访演出，也就是招待一碗浆水面、一份土豆丝，以至于人们将社火队外访称为"去混洋芋*丝丝*"。

而我等从兰州大学毕业的学生，最容易形成的饮食习惯是：一碗牛肉面、一份土豆丝。

在我幼年的记忆中，新疆远比陕西亲近。虽然此地到西安的距离与到兰州的距离相等，而语言文化也更接近陕西。前些年有"天水—关中经济区"的概念，倒也顺理成章。

因为有太多的人，通过"上新疆"获得了生机。相比"走西口""闯关东"，甘肃人的"上新疆"丝毫不比前两者逊色。

但一到新疆，甘肃老家立即被称为"口里"，因为新疆是"口外"。

我的亲二爷，逃荒到新疆，成了城里干部；我的邻居陈老大，当兵复员后跑到新疆，追随嫁到新疆的姐姐去了；陈家老二被老头死死摁在家里，娶了当地媳妇，就像我二表哥被舅舅摁在家里那样，但"光荣军属"的牌子一直挂着不摘；陈家老三，也就是跟我关系最要好的那个，初中毕

阳坡泉下 ——面对大西北的乡愁

业后也去了新疆，现在石河子定居。

我们自然村对面的阴坡队上，也有兄弟两个在新疆做生意定居下来；我的一位堂叔，也在新疆定居。但凡说得上的，似乎都在新疆获得了出路。

而那些秋天去新疆摘棉花的妇女带回来的钞票，无一不在诉说新疆的美好，不由得人不浮想联翩。

以至于后来我弟弟的一位初中同学，在乌鲁木齐经营某种娱乐行业也发了财；一位堂哥，也在那里做了农场主。

不过，后来我才知道，毕竟老户要比新户的境遇要好。早先到达的人，开垦无主荒地，拥有了大片土地，而后来者则只能从村里租赁那些无人愿意耕种的集体土地。这位后去的堂哥，实际上是佃农，不过地主不是个人，而是村委会。

而我的妹妹，在厦门和杭州工作了一段时间后，毅然跟着回家过年的陈家老三去了新疆，在那里嫁了个甘肃河西人，定居在了乌鲁木齐。

2009年，我女儿出生的那年，我终于抽空到了新疆。其时"7·5事件"刚过，一走出火车站，到处可见戒备森严的军警。

隔壁邻居陈家老宅，自两个孩子上新疆后就彻底废弃了。

自踏上这块土地起,我就真的爱上了这里。作为泉下家族的人,我一下就理解了,为什么那么多人愿意到新疆来。

十天时间里,我逛了乌鲁木齐、石河子、玛纳斯县、昌吉。要问为什么去这些地方,因为这里要么有我的妹妹,要么有小时候最要好的朋友陈家老三,要么有同家族的姑姑和叔叔、堂哥。就是没去库尔勒,因为时间来不及了,那里有我关系很好的同村小学同学东元。

在这里,我看到了令人震撼的大片玉米地、向日葵地在太阳下泛着光。这里的啤酒,也比"口里"啤酒的酒精度数要高。第一次与一位堂叔喝啤酒,三瓶下去就吐了。后来不服,研究了半天,终于发现问题出在度数上。

这几乎就是一次访亲行,一路走来,拍了N多照片。要知道,我那个堂姑姑已经有二十几年没有回过老家了,现在已经是六十多岁的人,而我可能是专门来新疆看望他们的最亲近的晚辈了,今后也不一定有了。

我得到了他们最热情的接待。这次进疆探亲,我沿途写了几万字的笔记,也有一系列珍贵照片。结果是,电脑黑了我。

想起来,我的父母也曾经上过新疆。可惜的是,他们成了唯一"上新疆"的失败者。

这个春节刚过,我的表妹也跟着我妹妹去乌鲁木齐了,愿她"上新疆"成功。

阳坡泉下 ——面对大西北的乡愁

浆水伴我走江湖

此题本是"最忆是浆水",妻子看见说:"哪是忆呀,明明是浆水伴你走一生。你无论在哪个城市工作,不都是做了浆水?"

想想也是,于是改为现题。

我自幼家贫,又无兄弟姐妹帮衬,除了干农活,还得做家务。在父母眼里,干活的时候,我是男女通用。所以很小的时候,我就学着做饭,不仅要喂自己,还要喂弟弟妹妹。

用弟弟的话说:"你三岁可以烧汤,四岁就可以带弟弟妹妹,还可以把烧好的汤往地里送。现在的人都没人会相信的,以为是开玩笑呢。"

他还说,这些都是教育孩子的好素材,让他们也知道自己的父辈是怎么过来的,更不要说爷爷辈了。

具体几岁不记得,但干的活却记得。刚记事时做不了其他的饭,母亲下地之前会放一锅洗好的土豆,然后让我几点几分开始烧水,多久之后就可以揭锅,于是土豆煮得正好。然后提一罐浆水、拎一篮土豆送到地里,父母便在地头吃这些东西,然后接着干活。

再大一点,学会擀面、切面条。真不是吹,在母亲的培养下,我切面条的技术至少比奶奶培养出来的姑姑要高,包括翻饼、烙饼。可惜,这个活又费力又费功,一到南方饮食习惯改变,都无用武之地了。现在偶尔想吃,也没工具,拾不起来了。

特别要提到的是浆水。前段时间看《舌尖上的中国》,讲点豆腐的除了卤水还有酸水,且说那酸水是活性菌。我一想,就觉得应该是浆水的另一种称呼。妻子见了,连忙磨了豆浆,用浆水去点,果然凝成豆花了。

我上网一查，发现很多人用浆水点过豆腐。

浆水味酸，但绝不是用盐腌出来的酸菜，而是用酵母发酵出来的，所以非常脆弱，不能沾到油、盐等物，否则菌类会被污染，继而浆水发臭死去。且每日要搅拌一次，以免发酵过度。因而，有时举家出门，必要把浆水托付邻居照料。

小时候一到秋冬天，对妈妈来说，两件事最大、最费力，需要谋划良久，一是做两大缸浆水，因为一到冬天就没菜可做了；二是年三十蒸馒头。

浆水一般用芹菜、苦苣菜（一种发苦的野菜）做。我在杭州的时候用香菜也做过，味道更好。

将蔬菜洗净后煮沸，再倒入一小碗冷水拌好的清面汤，与旧浆水混在一起，过个一夜差不多就酸了。

浆水如此娇贵，必得用陶罐方可。无论在厦门、海口、北京，我都自己做过。唯在杭州，两年时间没做，都快急疯了。原因是，走遍全城各种市场，买不到瓷缸。

后来，终于在余杭乡下的瓶窑镇一座桥头下面的固定废船上，找到了一个卖瓷缸的。不仅自己买了，还给同在杭州的初中同学李小泉也买了一只送过去。

浆水对关中—天水一带的人民有多重要呢？想当年我在海南开了家菜馆，兼卖浆水面。不料，卖得最好的是浆水面，来客全是陕甘乡党。且他们并不吃面，只是喝汤，搞得后来我都不知该怎么办。如果不放面，那实在只是一碗汤，不像话；放了面，又是浪费。

想吃的时候，在热锅中倒少许胡麻油，当油温达到一定热度，放入大葱、韭菜、大蒜、花椒等（只单独放一种即可）煸熟，倒入少许酸菜（浆水）烧开，再浇在煮熟的面条上即好。

其实，所有的介绍材料里都不会告诉你的是：我村有一种野花，蔓似香菜，开出小紫花，清香异常。母亲摘些晒成干花后，每次用胡麻油炝葱花时放几许小紫花，但见异香满室，令人垂涎欲滴。这个花，别处可真没见到过。就连在杭州长大的妻子，也最是喜欢这小花，连带着也喜欢吃浆水面了。有段时间偷懒，她竟然连吃三天，比我这个浆水罐里长大的还厉害。

阳坡泉下 ——面对大西北的乡愁

当然，如果是大热天，回家直接舀一碗浆水喝，那是美上加美。刚上网一查，竟然还是一种药用食品。

也是，我们那里几乎没有人得三高，因为浆水是极清洗肠胃的食物。甚至有谁家媳妇喝农药自杀，只要先给她灌浆水洗肠胃，然后再送医院也来得及。

如果便秘，喝浆水利尿利便呀；如果喝了农药，喝浆水洗肠胃呀；想在外地勾引老乡，说家里有浆水呀；上火了，喝浆水解毒呀；想减肥，喝浆水呀。听起来是不是有点神乎其神？似乎还真有过被称作"神水"的历史。

三国时诸葛亮的衣钵传人姜维，是冀城人。冀城，乃是秦国置的第一个县，被称作"华夏第一县"，那便是现在的甘谷县。话说姜维在带兵打仗的时候，为预防粮饷中断，常令将士身背干菜，以备急用。士兵在行军途中，常常遭遇瓢泼大雨，淋透了袋中的干菜，继而又遭烈阳暴晒，使其在不经意中得到了自然发酵，其香入鼻，其味酸美。

浆水面，要手擀刀切面条、甘谷辣椒、腌韭菜三者搭配，天下至味。

后来，姜维令人加工制作，取其名曰"酸菜"，浸泡"酸菜"之"水"初叫"姜水"（意在纪念姜维）。士兵在行军打仗过程中，饮用"姜水"后疲乏顿消，伤口不易感染，容易愈合，都称"神水"。现在，姜水才被惯写为"浆水"。

在乡下，大热天下地，大人总要炝一壶浆水带上。

在杭州，无论寒暑，我都要投一缸浆水吃上。

讨饭人

我们泉下家族的人，极是自尊，以至于到了成为地方风俗的程度。比如说，在别人家里碰上饭时，递饭你不吃，人家会讽刺你"又不是泉下人"。这样一说，吃的人也就没什么不好意思了。而如果是泉下人，就更加不好意思不吃了。

饿的记忆是如此深刻，竟至于我花了那么大的篇幅写有关吃的记忆。"大饥荒"的记忆，确实太可怕了。

饶是我的家乡如此困苦，20世纪80年代时，却还总有人来讨饭，而且我们也都会给。

记得那时候，经常有自称安徽人的人拄着拐棍、唱着曲儿来讨饭。小时候，我可以原样唱他们的曲，但现在只记得头尾两句："老大娘，我是个可怜的人……听懂听不懂啊。"

前几日看一位天津朋友的帖子，说当时有山东、河南、安徽人来讨吃，都说是遭了水灾，且会说快板。我想，那个难道是快板？快板是山东人的手艺吧。但我们那里，反正一说讨饭的，就说是安徽人。

长大后，有年到西宁，听当地一位文化名流讲起我的家乡，便说青海人只要看到乞讨的，就说是"甘谷之要馍馍"。那个语气，我到现在还很清楚地记得，虽然我对语言的感觉很差，但这句话的语气和语调，我一直学得非常精当。因为我确实不知道，作为渭河流域这个中国文明最繁盛的流域的居民，竟然还有外出讨饭的？

那位长者确实也不确定那些乞讨者究竟是哪里人，反正只要问起都说是甘谷的，所以后来一看到乞讨的就说是"甘谷之要馍馍"。

阳坡泉下 ——面对大西北的乡愁

成见如斯。便是我后来见了安徽同学，也经常会想起小时候讨饭的来。他们究竟是不是安徽人呢？

且不去说他了。倒是本乡本村，人的自尊心极强，真没有讨吃喝的。只有一个人例外，而且周边乡村都知道这个人。

此人是我爷爷辈的一个村民，智力稍稍有些问题，缘起竟也是因为饿。

三年"大饥荒"时期，他回家一看，一个孩子饿死在家里了，心下一急精神便错乱了，于是对老婆一顿饱打，说是没有看管好孩子。那女人一见这样子，便逃到陕西去了。

此后，他的神智一直没有恢复，地也抛了荒，开始走村串户讨饭吃。他的庄院就在路边，每次路过都可以看到低矮的房子，有时还会忍不住多看一眼他在不在。

至少我从未看见过他在那庄院里出现过，因为春节的时候他的家族会接他过去，每日一家轮流供他过年。

平时，他就在周边村庄轮流乞讨，也不走远。于是日子就像他的步子那样，走了一圈又一圈。周边村庄不重复地走一圈，也就正好是一年。于是，几乎每个村子的人，都能推算出他到来的时间。

这其中不包括本村，他从不在本村乞讨，这让他在本村保持了足够的自尊。

到了20世纪90年代，他六十多岁了。一日，他突然出现在本村，大家受宠若惊地赶紧把他请到家里上茶、做饭吃，就像招待亲戚那样。若是平常村民来串门，顶多是打个招呼，他来了反而是稀客。

几天之后，人们终于发现，他不去外面乞讨了，现在转移到本村来了。有时候大家地里农活紧张，吃完早餐就得上地，就让他在家里睡觉。大家去地里干活回来后做午饭一起吃了，主人家再出去，他继续待在家里，再等晚饭一起吃了，然后一声不吭就走了。

从不见他多说一句话，哪怕主动与他说，他也不大理你。

毕竟村庄比较小，一家待一天，六十多户人家，两个月就轮完了，于是开始下一轮。

两三年下来，大家就有点烦了。于是有些人家看到他来，远远地就回家把院门闩上，不让他进来。

他记性很好，知道今天是轮到哪家了，从来不会错。有时别人故意提醒他，今天不是这家，他顶多回头看一眼，继续敲门。但里面的人还是不开，他会突然怒骂一声，然后去敲下一家。

到这个时候，他才终于有个乞丐而不是贵客的待遇了，我觉得。

说到讨饭，其实我也干过。读高中时，我骑自行车回家，有二三十里路纯粹是很陡的山路，全是推着自行车往上爬。等到半山腰，经常口干腹饿，于是走进路边任意一户人家表示渴了，人家便会倒水给你，并且很自觉地拿出馒头给你吃。我也不客气，吃完道声"麻烦了"便走。

这个"讨吃"的习惯甚至一直保持到现在。我在兰州大学读书时，有次和一个同学去兴隆山旅游，竟然没有回程的车费了。于是到车上告诉司机我没钱了，要求搭回去，人家一听是兰大的学生，二话不说直接上车就是。

我在杭州乘公交时，有时忘带钱夹，也会上车直接告诉司机实情请求捎一程，也只有一回被拒绝。

向人求助，有时并没有想象中的那么难。

|阳坡泉下| ——面对大西北的乡愁

社火中的战争痕迹

社火的狮子，我们不叫舞狮子，而叫耍狮子。也就是说，主角不是舞狮子的人，而是引导耍狮子的这个人。这个人一定是武林高手，在与狮子的缠斗中，将一身好功夫献给观众。

爷爷在庄院里吹牛角。

耍狮子的工具，白天是棍棒，晚上怕伤人，一般用蒙着红布的手电筒。

另有号角。号角，当然是有号有角。号是军号，角是什么呢？乃是牛犄角，就是长相盘旋的那种牛角。

牛犄角一般人哪吹得动，至少我从未成功过。只有我爷爷，这个外号叫"钢"的倔强的男人才吹得动。正因如此，有些村就干脆没有牛角，但我们村是大村，当然不能缺了这个。

春节期间的社火，是村社之间往来最重要的载体。如果有村社失了礼数，两村之间就要结仇。这期间的仪式，几乎就是战争的模拟。

我小时候，社火远比现在热

闹。那时候没有电视，甚至没有电，社火是大家一年的期待。另一方面，"文革"期间不让演社火，更不准唱老戏，只准唱"样板戏"。解禁后，甫一恢复的热气蒸腾得令人喘不过气来。

正月初五以后，村里德高望重的"老者"们就要择日告庙点火。社火队正式成立开始演出，首先要在庙前的广场演出一番，然后到设坛祭祖的人家一一去祭拜。每到一户人家，鼓乐之后，演唱队要根据这家的情况，随机编一首诗唱出来。最常见的如：

这一处庄啊，靠北山啊，代代都是好富汉。不会唱来不会耍，大家爷娃雹（báo）笑话。

唱的时候，各色演员、旗手和其他人绕场穿插各种阵形，阵形越是复杂多变，演出水平就越高。

一中一晚两场演出，基本上由耍狮子、划旱船、唱小曲、秦腔折子戏构成，演员和乐手当然都是临时拉的村民。我最喜欢的是小曲，这是起源于陕西眉县、户县一带的眉户戏的变种，在音乐界被称作"通渭小曲"。

通渭是甘肃省定西市下辖的一个县，我们村曾经就归这个县管辖。

小曲的曲调简单，旋律节奏清楚，属于和唱的类型。除了正式演员之外，旁边站的人也可以加入和唱，如果不知道唱词，跟着哼也可以。唱小曲的时候，七八岁的孩子每人左手一只腊花盆、右手一块丝巾一起舞动，脚下是固定的舞步。当然，阵形又有多种变法，体现着这个村的演出水平。

这个儿童舞蹈队通渭人叫"载旦"，在我们村叫"女娃子"或者"Z娃子"（Z，英文字母的语音，去声，就是"舞"的意思，但真不知道怎么写，这个读音似乎普通话里也没有）。这个小舞队，有些地方可以是由姑娘担任的。但我们那里不准女性进庙，所以这个"载旦"也是由男孩男扮女装的。

说到方言，本乡有许多尖音，这一点懂语言学的同学都知道。且没有上声的声调，凡上声一律归入去声。

到了出访某个村的日子，下午三四点时，社火队走到预定出访村的山梁上偃旗息鼓等待，号角手、旗手偷偷潜入村中埋伏。时辰一到，突然号

阳坡泉下 —— 面对大西北的乡愁

声大作、角声骤起,旗手打出旗子,算是偷袭了这个村子。受访村于是被惊动,急忙准备迎接。

号声尖锐,而牛角声沉闷,给人的感觉自是大为震动。如果在号角吹响前就被发现,受访者就很有面子。如果来访者吹响后才发现,来访者就有占领感。

迎接过程就是一场战争。双方的"老者"端着香盘,站在两支社火队伍前边作揖后跪下焚香。然后,"老者"们先去喝茶,两支社火队开始抗衡。前有"探马",后面紧跟着狮子和腊花盆队等。来访者要进村,受访者要抵抗不让前行,于是双方人马推搡,这个情节被称为"押"。

押的过程也很体现礼节。如果来访者人数较少,受访者就不能真"押",只能象征性地押一下,否则就是无礼。但如果不押,又表现不出热情欢迎的态度。这其间的分寸拿捏,我到现在还搞不明白。

如果来访者人多势众,而受访者人少,则要真押一下,否则让来访者太快进村,受访村会太失颜面。

在我小时候就发生过这样一起事故。有个村的社火队来访,我方迎接,不知怎的双方真的上火了。于是,对方不但未能前进,反而干脆被推回去了。此事惊动了已经在炕上喝茶的"老者",赶紧跑来制止,这才避免了一场真正的战争。

迎到场中,与在本村演出一样,先是摆阵,然后一曲小曲后,来访者被村民分散接到家中用饭。标准的用餐是一份"洋芋丝丝"加一碗浆水面,也就是土豆丝啦。但我老家的土豆丝真的是丝,切得跟兰州牛肉面毛细面条那么细。

在出访中,最尴尬的是受访村的社火队出访了,就剩几个临时"老者"迎接,而有些小的村子社火队可能把全村人都带走了。于是,来访的社火队演出的时候,连观众都没有。

另一种情况是,同时有两支社火队到同一个村子访问就会产生竞争,万一两边招待礼数有些微差别可能就得罪了。所以,两支来访者如果发现有另一支社火队去预定要去的村子出访,也会临时调整去另一个村子。

这种出访,跟走亲戚一样,也是隔年来往的。比如说,今年A村去B村,明年B村定要回访A村。

铁门槛旁边的碉堡。

战争的遗迹随处可见。在这里，几乎每个村都有一个碉堡，建筑在极陡峭的山坡上或者崖边上，至今没有拆除。这是在20世纪30年代马家军统治西北时，村民作防备之用。

我们村直接将马家军称作"土匪"。相传当年马家土匪一来，大家都逃到堡子里关上大门，因为三面都是悬崖，土匪只能从一面进攻，所以易守难攻。我们村有两座碉堡，其中一座就是我父亲放牛时逃避贼人，从碉堡一侧的坡上滚到沟底从而捡了一条命的，另一处便在铁门槛。

现在回头想想，这不是背水一战嘛，万一碉堡被攻破，逃跑都没退路。

据说有次我的曾祖父未能及时逃跑，便一头扎进麦垛。马家军用枪托打他屁股，他还以为是胖娃爹，便说赶快把头塞进来，塞进来土匪就看不到了。结果被土匪一把揪出来，逼他交出粮食。

每次村民讲到这个事，连我们这些嫡亲的后人都感到好笑。这也算是个真实版的"鸵鸟"故事。想我曾祖父也曾扛着铡刀到处喊着要杀人，到了火器时代规则变了，人的精神也变了。

2014年元宵节，是社火队熄火的日子。当日雪有一尺厚，打工的早就出门去了。问在老家的父亲景况如何，说竟然只有四个小孩组成小曲舞蹈队草草唱了个小曲就散伙了，现在电视都把大家留在炕上下不来了。我看，城里有沙发"土豆"，老家也有炕上"土豆"了。

阳坡泉下——面对大西北的乡愁

社火情仇一甲子

说起2009年的社火,还有一桩事故。这事故竟然与六十年前的一桩旧案有关,那年当然正好是1949年。

我村与舅舅所在的那个村相隔一山,分属两县,均为大村。我村一向尚武,人人手头灵活;舅舅家那村村大人众,自然也有一股牛气。

当地的传统是,社火发起后,要到友好村庄去拜年。仪式有点类似于古代的作战,事先并不通知,而是在天黑前以牛角和鼓声作警,并由插旗的人在先,实际上是告诉要去的那村庄做好迎接准备,类似"宣战"。一旦受访村庄没有发现,而来访的社火队已经抵达,便已输了半招。因此,很多村庄会在天黑前派人在山口瞭望,一旦判断有哪村的社火队要来本村,便要提醒村里的社火队提早准备。

当然,这是友好走动,并非作战,但却与作战的仪式一般。

话说六十年前,我村社火队前往舅舅家那个村庄要途经庞家河村。根据风俗,社火队路过某个村,那村一定也要迎接并演出一番,才能放走。

却说庞家河有个退休的老县长,听完我村社火队的秧歌后大为高兴,便好心告诫道:你们要去的李家河村社火队,有一只有名的黑狮子,经常趁别村来走动的社火队不备,扑上去将人家的狮子踢倒踩坏。

当地的社火队,除了演出之外,基本道具是狮子和旱船,从来都没有龙。其中狮子是拜年的主角,一旦狮子表演不好或者被毁,意味着"摊子被人踢了",戏就演不下去了。

一般村庄的狮子都是打扮得红红火火,恰恰是舅舅村里的那头黑狮子,不作任何装饰,就是来作恶的。

听庞老县长这么一说,我村的武林高手们立即兴奋起来,不但不听劝阻,反而做好了打斗准备。

到了那村,双方一接头,我村便暗中观察对方动静。直待那边的黑狮者子一如既往扑上来,我村的棍子便挑了上去。

据母亲说,我村的武林高手一棍子将狮子头挑飞,另一棍便朝耍狮者的腿上扫了过去,一下子放倒了两个人。

各村的社火队互相拜年,最忌讳的是发生冲突。因为这样的话,两村人便会结仇。

当然,这两个村从此结了仇,且一结就是六十年。对方受了委屈自是不来,我们出手伤人也不敢再去,虽是邻村,从此再无来往。

2009年,舅舅家那个村的社火队,估计也觉得仇家宜解不宜结,突然想起来要到我村拜年,且带了80人,据说是最为庞大的社火队。我村没有准备,一下子慌了神,但毕竟是大村,很快将人安顿到各家吃饭休息,好烟好酒地招待。

不料,有一户人家的老婆生病没人做饭,只好将客人带到另一家,却说"老婆不在,没人做饭"。

这下,77人满意,3人不满意,于是两村再次结仇。

更倒霉的是,当时大雪,回去的路又陡又滑,人只能一屁股蹲下去顺小道滑到沟底去。几位老人先滑下坡后在拐弯处等着,等小孩滑下来时便接住,以防掉到沟里。

却有一位"老者",不愿意屈蹲滑下去,非要走下去,结果身体往后一仰摔成了脑溢血,十几天后去世。

发生了如此不堪的事情,母亲说也许下一次互相拜年,又得是在六十年一个甲子之后。

那天,我从网上下载了一些秦腔,放

社火表演里划旱船的艄公。

阳坡泉下 ——面对大西北的乡愁

在U盘里用电视放给父母看。演到《十五贯》时，母亲说"文革"后第一场皮影戏演的就是这个戏。因为几十年没有演过皮影戏了，包括各种老戏都被禁演，我村在方圆几十里第一个大胆请了皮影戏班来演戏，结果被乡政府叫停，说是搞封建迷信，演员还被乡政府掳走。

我村当然不服，又把人要了回来。当天晚上，听说我村演皮影，因为地处三县交界，三个县的人从中午出发，走了四五个小时的路，赶到我村看皮影，却说不能演，于是炸开了锅。

最后，乡政府的特派员看拗不过众人，只好答应可以演，但曲目不能是老戏。问题是，皮影演不了《红灯记》，于是只好演了《十五贯》，可后者正是一部经典的老戏。

儿媳保护神

"老倒锄!"

这是一句骂人的话,意思是与儿媳乱伦的公公。这种丑事村里倒真没发生过,这个词的存在仅在于谁家娶了媳妇,别人向公公道喜时用:"老倒锄,今天可高兴了啊!"

儿子大婚这天,很多公公要躲起来,不然会被捉弄。最常见的是,逼着公公倒背一只锄头表演"倒锄"。

那年,村里讨了一个很漂亮的媳妇,连我这样才上初中的孩子,都觉得她漂亮。

后来人们发现,她不仅漂亮,还温柔兼隐忍,几乎从未听说过她出言不逊或者什么伤人的事情。

对于村里那些讨不到媳妇的光棍们来说,茶余饭后最咬牙切齿的是:"他那么一口黄牙、一身骚气,她怎么受得了呀?"

我相信,他们是把自己角色代入了。虽然说的是替她可惜,实际想的是人家床上的事。

有次我回家时,她的小儿子见到我,便喊我的名字。我便向小孩问好,小孩却被她斥责,这也是我唯一一次见她斥责别人。

在我们那里,大人和长辈的名字是不能叫的,否则视为极大的无礼。以至于直到现在,我经常搞不清母亲的名字究竟是哪个以及怎么写,每次订机票总要问一遍妹妹以核实一下。至于我的曾祖父和爷爷,以及姨妈、舅妈的名字,全然不知。

这小孩比我实际上小了将近一代,她便这样斥责。

阳坡泉下——面对大西北的乡愁

她公公很能干,也帮过我们家很多忙。

大概十年前吧,这家的顶梁柱竟然因病去世了,白发人送黑发人,此为人生大不幸。而儿媳尚年轻,四十岁不到,改嫁似乎也顺理成章。

我们那里有兄终弟及的传统吧,应该是。所以,同族中几个尚未娶亲的壮年,便有事无事到他家去坐坐。

公公当然识得他们的狼子野心,一开始就摆出了不欢迎的姿态,到后来甚至开始动用武力。

老头自幼习武,传说中身手相当不凡,但他从不显山露水。倒是他的弟弟,名唤"大肠"的,偶尔会在耍狮子时露一点点,但也足以令人惊叹。

插个笑话。有次我们村几个人到秦安县城去投宿,要登记姓名,一个报名"朱大肠",一个报名"朱有膘",一个报名"朱狗粪"。听得前台小姐哈哈大笑,然后强调"要登记真实姓名"。可是,这真的是真名实姓,且还有一个没报呢,叫"朱狗娃"。

言归正传。老头已经六十多岁,但身体硬朗,自从儿子早逝,便规定但凡外面的事情,儿媳不用插手,他一人搞定。于是挑水、喂牲口等所有一应农活,全都由他一人包了。儿媳在家过起了少奶奶般的日子,虽然这未必是她愿意的。

他真的很辛劳,村民见他这样,也劝他稍歇歇,日子过得也挺好的,不用太拼命。但他可能劳作惯了,加上一生也算是个强人,一时竟停不下来。

再到后来,听说形势有些紧张。因为有人还不死心,总在他家门前晃悠,他便准备了刀斧,若有人试图不轨,刀斧不认人。

他家的门楼和院墙都修得很高,一般人哪里进得去。但因为刀斧,夜里有人若从他家门前路过,便要放轻脚步,以免万一发生误会,会有飞斧越墙而出。

也有人专门恶作剧,夜里专门挠挠他家院门,然后狂奔而去,引来身后一阵叫骂声。

扎了竹签的恋情

在我老家，至今保持着定娃娃亲的习惯。如果一个男孩子在十来岁时还没有定到亲，长大后很可能没有媳妇。我们弟兄两个曾经是村里的光棍后备，因为我们没有定亲，村里又没有考上过大中专学校的先例。幸运的是，我们都考上了大学。

我之所以没有定亲，是因为两次事故。一次是上小学前，说好的一户人家要喝酒，即定亲的前一天，我家的一只鸡跳到水桶里淹死了。此事被认为很不吉利，于是作废。第二次，则是因为对方看上了我弟弟，而我父亲认为，老大都没定亲，弟弟当然不行。我弟弟从小被称作二胖，与营养不良的我长得完全两样。

再长大后，我就完全拒绝这事了。因为很多周边村社的小孩都到我们村来读小学，很多一二年级的孩子"未婚夫妻"同班，经常被小伙伴拿来取笑。女孩脸皮薄，只好就不来上学了；男孩当然也很没面子，觉得怎么跟女人有关呢？

定亲也有定亲的原因。西部地广人稀，除了社火和唱戏这样仅有的几次节气，村庄之间的青年人都没什么见面的机会。而当地的风俗，同姓、同村的男女是不能结婚的。所以，恋爱的机会过于稀少。以至于每年唱大戏或者忙农活的时候，中小学都要放假看戏或者干活。

但这样的日子，又是极透明的场所，恋爱也几乎不可能。如果有，那也是造孽。

我们村有个小伙子长得挺精神，小时候因为家贫没有定亲，长大后婚姻便成了麻烦。后来出去打工，认识了邻村一姑娘，便与那姑娘私订终身

阳坡泉下 ——面对大西北的乡愁

到外地去了。

在外面一直躲着不回来，终也不是办法，总得回家面对。否则，姑娘的娘家就得面对娃娃亲男方要人的逼迫。本乡风俗，如果姑娘是在娘家出走的，娘家得负责给男方重新找个姑娘嫁过去；如果是在婆家出走的，则婆家会面对娘家的逼迫，但不用还他们一个人。

为了娘家的处境，春节的时候，他们回来了，仇人也上门了。一方是娘家的妈妈和哥哥，以及半个村子的男青年，为了娘家的脸面以及收了男方的彩礼，要逼姑娘回去嫁给娃娃亲；另一方是男方，自然是来接人回去的。因为我们村大势重，他们怕出意外，特意请了周边有名的一个地痞助阵。

因为不占理，我们村的小伙子只有一个选择，那就是保护我方的人不出村，包括那姑娘不被抢走，但无法保护当事人之间的冲突。也就是说，不能打群架，只能当事人之间单打独斗。

这种一对一的风俗，在古装电视剧中常见，但在现实中，在本乡仍严格地遵循着。当然，对方也怕万一遭受黑手，于是他们白天来晚上便走，怕的是我方趁着天黑把他们的人给"黑"了。

因为小伙子理亏，在单独对阵时明显气短，对方使出各种侮辱性的刑罚：揪头发、打耳光、跪在地上不让起来之类，强令男孩写悔过书，保证以后不再去找那女孩，不然会被灭门。

甚至连房子也被女孩的父母带人拆了，男孩的妈妈也被拖出去殴打。

男孩被打掉了门牙，他还是不从。

结果，那天晚上发生了让人至今毛骨悚然的惨剧：趁我村的人回家吃饭的当口，几个地痞受命于娘家，将三支竹签钉入了男孩的手指。

惨叫声震惊了山村。

我村年轻人群情激愤，准备对这几个人趁天黑下手，但随即被村里的老人强行喝退。

在老人们看来，对方这么做是有道理的，我们只能忍受，因为我们的人做了错事。但我等围观者已经有所骚动，虽然说这是当事人之间的单打，但情形过于酷烈，对方已经超出了一般的界限。

现在想想，钉竹签仍然没有用，小伙子的骨气令我们围观者都感到了寒意。如果再发展下去，那可能是要出人命了。

对方也许也是黔驴技穷了吧。连竹签都未能征服这个男人，他们也觉得此事已不可为，便在次日撤走。

此时确实已经到了底线，小伙子不屈服，他们也再无后手可用，娘家终于以断绝父女关系的方式结束了这场战斗。男孩和女孩也走到了一起，他们的日子清贫，但快乐。

几年前回老家的时候，想去看看他们，但母亲说他们家日子不好过，去了没法接待，徒给人家添麻烦，就算了吧，于是没去。不过，据说近几年女方家庭也解冻了，两家开始有了来往。毕竟孩子是亲骨肉，不管怎么样，家长还是希望孩子幸福的。只是在很多时候，大人太宥于自己的观念和利益，硬生生替孩子做出决定。

这个小伙子是我的小学同学，在当地从小是被称为"匪才"的，即不是好孩子，但他对爱情的执著，没有几个人可以从容面对。

而我，也因从小喜欢暴打同伴，被称为"匪才"的。据我的母亲说，我小时可凶了，老喜欢打比我小两个月的小叔叔，而且出手特狠，但真正打过的没几回，倒是吓哭的多。

那时候，我最喜欢做的事是，对着同龄的小叔说："我杀了你。"然后小叔会拼命逃走，边逃边喊："子一要杀我呀，子一要杀我呀！"

而我做的事，是在后面不停的"啪啪啪"地跺脚，并不实际追赶，然后哈哈大笑。

现在，村里还定娃娃亲，但也有自己恋爱的，双方借此顺水推舟，再也不会发生那样的惨剧了。

我想当事人的选择总是理性而又感性的，虽然熬了酷刑，但小伙子终是避免了打光棍的命运，还是幸福的。因为乡下姑娘少，女性资源就成为最宝贵的稀缺资源。以至于有一个传说，能从侧面证明本村多牛气：本村的媳妇没有能跑掉的。

原因有两个，一是通过巫师作法，跑掉的媳妇会因思子心切而自动跑回来；如果她能熬住思子之情，则还有一阴毒的招术：在她用过的器具上作法扎针，令她胸口发疼，只好乖乖回来。

二是，本村的人多出过门见过世面，哪怕是媳妇跑到邻省陕西，也能

阳坡泉下 ——面对大西北的乡愁

在边边角角把她给找回来。当地民风，如果人家丈夫找上门来，没人敢拦着不让带走，否则人家会全村出动来带人，村里人还不敢帮忙。

其实，传说毕竟不是现实，在20世纪90年代，终于有个媳妇真的跑了，而且真的没有找回来。原因是，夫家最终没有采用最阴毒的那个招术逼她回来。当然，直到现在，这也是唯一一个跑成功的媳妇。

有人经常说，北方人大男子主义，其实秦地男人对女子是相当尊重的。有时见丈夫打老婆，以为是欺负女人，其实丈夫最喜欢打的是孩子而不是老婆。民风凶悍，不打人是不可能的，而老婆打丈夫的也多了。我爷爷辈有个村民，跟人聊天时吹嘘"哪有打不住的老婆"，于是回到家里抓起老婆就打，结果老婆一巴掌就把他帽子打飞了，急得他满院子找帽子。

此事之所以引为笑谈，是因为当地有句话："欺人不欺帽，欺了你爹的牛毡帽。"意即脑袋上的事最大，一旦脑袋被人打了，那就输了，不用再战。丈夫打老婆，也遵守这规则。

可能每个男人都吹过这种牛，轮到我吹时，我母亲就经常取笑我："凡事都是反着来的，你就吹吧。"

后来的事情，果如母亲所料。还好我不在村里生活，有关我的笑话也就不流传了。

我们村里长大的姑娘，相比周边也是极凶悍，有句俗话流布很广："朱家山的女子，天上的冷子。""冷子"即冰雹，可见本村姑娘如雷霆般霹雳，不是一般男人降得了的。到了南方，发现有些地方有溺女婴的陋习，这在北方简直是不可能的。

时至今日，因了女性资源极度匮乏，老公成为"奴隶"的事情司空见惯。本村有位村民，在夏季挑麦子时不穿鞋子。要知道，地里的麦茬很硬，一般的布鞋都会被刺穿，更何况光脚板。有人问他为何不穿鞋子，他自嘲说："肉烂了可以长，鞋子破了就没了。"

他在四十多岁的时候过世了，人们还记得他父母的号哭。"可怜"，是人们说起他时唯一的表达。

跳甲神

打醮，是酬神。跳甲神，则是连打带哄。我们的乡民，把这两项结合起来，这事便既叫"打醮"也叫"跳甲神"。

本村的所有演出，均为酬神。春节有社火，开春有皮影戏或者打醮，春天有秦腔大戏。如果碰到重塑神像，还得迎神。

迎神不常见。某年觉得神像太旧得重塑一次，重塑过的神像自然没有灵气，便要把神灵迎来附体在神像上，这神像才会灵验。神灵，民间称为"老家"（其实是把"老人家"速读、速说，把那个"人"字吞没了。"老人家"是甘肃农村许多地方对神灵的尊称），很是亲切。

迎神那日，旌旗猎猎，弓箭手要冲在前面，看到某种动物便要射去。射中的动物，便是神灵的寄托物，将之奉入庙中，完成附体仪式后这动物就失去意义了。

迎神前，必要告诫大家不要出门，一旦被箭射中，那就是神灵的祭品了。一般来说，吉祥动物有灰鸽子、野兔、野鸡之类，最不祥的是乌鸦。当然，实际上从来没有射中过乌鸦和人。

2014年开春后，村里没有请皮影戏班，而是请了一帮祀公来打醮。打醮也叫"炸山"，不是真的炸山，其实是镇山。人们认为雷神在云顶，于是要在山顶作法祭祀，以免来年雹灾。说是祭祀，很可能是吓唬，因为打醮的场面有点吓人。

祀公每人一面羊皮鼓，下有铁环摇起来沙沙作响。先是要在庙神前念经，次日左右开始在场地上表演，声势很浩大，有抢马头、摆阵势。如果有小徒弟，也会持一面小鼓跟在后面练习。所有人员，均是瓜皮帽。

阳坡泉下 ——面对大西北的乡愁

祀公表演最精彩的"抡马头"动作。

最酷烈的是，到最后一日，最强壮的那位祀公要拿刀片在自己额头割一刀，让血与一只公鸡的血混合，然后带领所有队伍和村民直奔山顶而去。

每当这个时候，大家又紧张又期待。因为如果没有真割，那就是不诚心，可能影响祭祀效果。如果真割了，大家都觉得像割自己一样痛。妇女们每到这个时刻，总是惊叫着捂住脸。

祀公割完后，会用一块小纸片贴在这块刀口上，然后用瓜皮帽的帽边将纸压住，以防纸片掉下来。我们会很仔细地去研究究竟有没有割，但总是看不真切。

现在想来，肯定是没有真割，否则这些走村串社的祀公（也就是巫师）隔几天就得割一次，岂不是早毁容了？

有段史料说，元侵宋路过甘谷时，在渭水北岸各村庄编定保甲，甲长由元人担任。重要的甲，沿交通要道设置，村亦被称为"甲"。甲长太过强势，实施民族压迫，死后也要被祭祀，便成了村里的"甲神爷"。在所有的神鬼中，甲神作祟最为难缠。这可能也是现实在灵魂界的投射。

八月十五中秋节，在甘谷不算是个重要的节日，也没有中秋之名，就是"八月十五"，远没有"二月二""三月三""四月八"等节日重要。最广为流传的是"八月十五杀鞑靼，活要老子的命哩"，有些地方的老年人在这天晚上会在院子里以扁担砸地。

父亲说，当时元人管天管地，家里的财务都归人家支配。就是汉人娶媳妇，也要先送给人家过夜，即行使"初夜权"，然后才给送回来结婚。

故此，人人都想杀鞑靼，但都杀不了。因为一到晚上，元人就把所有的铁器都收走了，包括镰刀、锄头之类。但那天，就是忘了收铁刀。

铁刀，即切面的面刀。

八月十五那天，就像"天应"一样，等元人入睡后，家里的男人们起床直扑元人屋里，一个都不放过。

砍死人后，当然是往山里逃命。跑到山上一看，这个窑洞里藏一个，那个田埂下藏一个，大家都在逃命。凑一块问"你如何也来了"，都面面相觑地说把鞑靼杀了。天亮了一看，元人一夜间被杀完了。

杀完后，元人的"魔魂"不散，到处害人。于是人们想了个办法，因为元人爱女人，于是女人纺线时在纺车上贴一道符，同时点炷香供奉甲神爷。

另一个演傩戏的祀公，却原来也是为了打发甲神。也许是因为元人爱女人，于是让男性的祀公穿上红裙子扮成女人跳，甲神就满意了。甲神一满意，自然就安宁了。所以，祀公演傩戏也叫"跳甲神"。

民间有谚云："跟好人，学好人，跟着祀公跳甲神。"意思是，不学好就男扮女装去巴结元人。

祀公念经时，村民在神像前烧香拜佛。

其实，早先是女的跳甲神，但效果不好，后来就改成男扮女装了，所以有些地方的民谚是："跟好人，学好人，跟着祀娘跳甲神。""祀娘"就是"祀公"的前身。

元政权垮台后，供奉甲神的传统自然成为禁忌，对甲神的厌憎达到情绪的顶点。甚至我想，女性不准进庙，是否也与当时元人对汉族姑娘行使"初夜权"有关。避祸日久，也成了禁忌。不但不准见元人，就连元人的化身——甲神，连带着其他的神祇，也不能见了。

但是，八月十五这天，女婿要给岳父大人拜节。我想，也许是岳父们那天杀尽了鞑靼，给了女婿一个完整的媳妇，女婿故此要感谢岳父。

但是，在不同的地方，杀鞑靼的日子并不都是八月十五，有些是腊月三十。本村即与甘谷不同，倒与秦安风俗一样，是腊月三十。原因是，这

阳坡泉下 ——面对大西北的乡愁

是上年的最后一天,杀尽鞑靼好过年。

另一种说法是,八月十五杀完鞑靼后元人报复,到腊月三十杀至淮河一线,令汉人从大年初一起供奉元人画像,并作为与庙神相对应的"家神"。

至于祀公要在额头上划一刀,估计是在娱神巴结完元人之后,同时告诫那些元魔魂——切莫忘了你是怎么死的,否则再来一面刀!

我们"炸山"的地方是我们村后面的这座老爷山。山顶是一片沙棘林,间有树木,有时沙棘枝会长得扁扁的,人们说那是被蛇咬过的痕迹。

小孩子根本跟不上大部队,等我们追到山上,仪式基本上已经结束。以致直到今天,我还没完整看到过一次"炸山"的场面。不过,那只公鸡鸡头镇在这里了,鸡肉却可以拿回去吃了。

在所有的演出中,这种巫术表演又易学又不用道具还热闹,最得小孩子喜欢。打醮是二月二龙抬头这天进行的,正好是小学即将开学前。

开学后,我们每人用细铁丝围成羊皮鼓形状,下面用电池的底串成一串响铃,摇起来也是一片清脆的响声。趁老师不在的时候,我们全校学生跟在领头的朗朗后面绕校园游行表演。

但这是犯忌的,因为打醮比其他戏曲表演更具神性,是最巫术的。其他表演形式,除了开演前郑重其事的拜神外,核心还是表演。而打醮从头至尾都是酬神,所以不管老师还是家长,都禁止我们学打醮。

有一次表演的时候,校长权老师竟然已经到了学校背后,全被看了个一清二楚。而负责望风的学生,要么是看表演入了神,要么是那天权老师正好没有大老远发出咳嗽声。总之,我们是被揍了。

戏场

戏场即人场。对年轻人来说,戏场不是看戏,而是看人。陈家老三就在我读小学时怂恿我去摸一个小姑娘的胸,可是我在衣服外面摸了一把,姑娘和我都觉得莫名其妙,不知这是要干吗。

但对青春期的男女青年来说,戏场是一年中不可多得的机会。虽然几乎没有恋爱成功的先例,但某两人有私情的传说总是不绝于耳。

在某些僻静的角落,简直是太色情啦!我亲眼见得一个男生穿着大衣,把一个姑娘抱在怀里摸胸。我很奇怪,那时没有通信工具,隔村的青年几乎没有认识的机会,他们是怎么勾搭上的?

这个动作,本乡有个名词叫"揣奶",男生对女生的口头话是"揣一下,揣一下"。

不知怎的,我对乳房几乎没有概念。本村的小孩都有一个"奶名",上学后才有一个正式的名字——"官名"。后来看到其他地方有"乳名"一说,才明白"奶名"应该同"乳名"是同一个说法。

因了公共活动稀少,周边哪里唱大戏,学校几乎都要放假,因为老师们也要去看戏。上小学的时候,皮影戏就在学校操场演出,只要锣声一响,老师便宣布下课去看戏。

但有些时候,有人不经意地敲一下鼓,我们这些在教室里侧着耳朵听动静的孩子,便满脸希冀老师说一声"看戏"。可惜,老师总是一看手表:"还不到点!"

到了初中,舞台就在学校旁边,周边几个乡的人都要来看,我母亲也会趁此机会早早与她小时候的小姐妹们约好在戏场碰头叙旧。我舅妈和表

阳坡泉下 ——面对大西北的乡愁

姐会轮流把我妈抢去做客，因为她家比我家离戏场近一两里路。

我们这些学生娃，自然是早早放假，因为舞台大戏很花时间，一唱就是一本戏，有时要唱整整三个小时，当天的课就不上了。

如果是在圆树下方的观音寺唱，则来的人更多，周边三县的人都要来上香兼看戏。我们这些小孩子跑得满山遍野，相互追逐打闹，却是穷极无聊。因为不懂，也不喜欢这些戏剧。

那些看得鼻涕流到嘴巴里的老头，也未必就看得懂。听说我们村一个老头在给别人讲戏，讲到一个多小时的时候，终于发现唱的是《十五贯》，而他一直在讲《金沙滩》。

虽然不懂，但没有其他好玩的，于是有戏必看。有时在离学校十几里的乡村演，我们下课后仍然结伙黑灯瞎火去看，再深更半夜摸回来，虽然买不起手电筒，但月亮的光总还可以借得到。

有时实在听不下去了，便想回去。可走到半路，看到戏场里灯火通明、锣鼓喧天，只好又折返回去。

在戏场里，我最喜欢看的可能不是戏，而是戏前的那些折子。比如《拾黄金》这样的丑角折子戏，时间短，而且好笑；第二喜欢的是武疯子维持秩序。

舞台口总趴满了试图爬到舞台上去的那些小孩，可是谁来把他们赶下去，颇费思量。要是好言好语，小孩子根本不理你；如果动手敲打，那又没人愿意做这个"脏活"。

于是，各村的武疯子被赋予重任。这些平日里被人轻视甚至无视的角色，此时被赋予了可以使用任何手段维持舞台口秩序的权力。他们挥舞着棍子，一棍子扫过去，小孩掉下来一大片。

可是有哪个家长能对武疯子说个甚呢？

那时候，我是多么不喜欢戏曲啊。父亲买了台收音机，宝贝般上面盖条毛巾，而我一到家就不断调台。可是信号不好，或者是一首歌刚刚听到一半就被广告打断，或者节目结束了，于是只好不断调台，一直调台。

据说这条毛巾就是父亲给母亲的彩礼，外婆也给陪嫁来了。母亲每看到一次，就要说一次你们朱家就用一条毛巾把我买来了。

说到收音机，母亲说她第一回看到，是邻村一个家伙拎着从村口走过，她们几个小姑娘很好奇地到处围着收音机找唱戏的人在哪里，却怎么也找不到。

而我最搞不懂的是，家里的有线广播为什么可以打电话。我们隔了自然村的小伙伴，商量好之后让他在那头等，我在家里的有线广播里喊他，他把耳朵凑到广播上便能听到，而他一说我也能听到。这种奇异的事情，在上学前经常玩。后来学了无线电才明白，广播与电台是同一个原理：所有的收音机都可以改造成电台。

提到这事，想起一个郑州的记者同行来。当年他骑着摩托车满大街找新闻，后来终于发明了一个好招术：将一台收音机改造成电台，与110指挥中心保持同等频率，只要110一接警，他的电台就同步接收。于是，每次110派出的警察还没到现场时，他已经到了。警察后来终于搞清了原理，于是他被迫离开了郑州。

虽然不喜欢听戏，但每个节日的演出结束后，我们班同学就成立一个戏班子。我们刻苦学戏，瞅老师不在的时候彩排，而这个领头人，当然非戏曲世家的朗朗莫属。

据母亲说，我小时的动手能力远比今日要好。祀公跳完甲神，我会自制"马头"，即貌似八旗那样的发辫，可以抢起来，动作叫"抢马头"，并一边抢一边敲鼓。

最牛气的还是五六岁的时候，每当皮影戏演完，我总要自制一套皮影，可是银幕四边总是固定不了，糊上去的纸一不小心就因为框边变形而撕破。更可怜的是，家里只有我和弟弟两个人，我表演给他看，他却动不动就呼呼大睡，等我卖力表演完征求意见时，那个唯一的观众早已睡到爪哇国去了。

我记得此时的沮丧，但母亲记得我经常气得大哭，鼻涕一把泪一把的。她觉得我太可怜，一个人太孤单，都没人陪着玩。这个弟弟虽说是个伴，但那时太小又嗜睡，我这个勤快的人儿自然难过。

戏如人生，人生如戏。那时多么不喜欢的秦腔，却因在读中文系时研究剧本深深爱上了。读完一本古典剧本，便是满口余香，这种品味岂是流行歌曲所能比拟的。

而秦腔，却恰恰是百戏之祖。据说当年李自成的大军一路唱着秦

阳坡泉下 ——面对大西北的乡愁

腔打遍天下,秦腔就是军歌。有句话形容秦腔的阵容,"八百里秦川尘土飞扬,三千万懒汉齐吼秦腔。吃一碗臊子面喜气洋洋,没放辣子嘟嘟囔囔"。

秦腔与浆水,几乎就是秦地的象征。

如今,我的车上音乐,一半是秦腔,一半是家乡小调。但凡搭乘我车的人,无不为这个奇异的举动所震动。

他们哪里知道,我是在秦腔的吼声里长大的。

大总门宿命

舅舅家是大总门里面的耕读人家。讲起李家河的大总门,名声显赫,在二三十年前,方圆三县有老人过世,得请大舅舅去写篇祭文。总之,总门里面的舅舅家,是地方上的道德标杆。

在古汉语中,人是专指男人,百姓是指名门,因为普通人是没有姓的。在我们的话语体系中,人是指绅士。比如说,"某某是个人啊,人家是大总门里面的"。

舅舅就是这样的一个"人"。

当我爷爷带着我爸爸去舅舅家定娃娃亲的时候,母亲正和一群小伙伴在踢毽子,根本不知道这两个人是来干吗的。因为家风甚严,大总门里的姑娘,哪知大灰狼长什么样。

西北秦方言区的人家,新媳妇过门要做一锅细长的浆水面。面条极显功夫,母亲就是这方面极为出色的人。她也兼有传统人家女儿的极度隐忍,无论父亲年轻时如何粗暴,还是默默地为这个家庭奉献。甚至后来与我同龄的三叔娶了媳妇、生了孩子,母亲作为长嫂,俨然就是个婆婆的角色。人常说,长嫂如母,这一切似也应当。但实际上,我的爷爷奶奶仍然健在。

大舅舅给我生了三个表姐三个表哥。在我读初中的时候,二表姐被她甘谷县的丈夫休了,因这男人做生意发了财。但每次表姐被赶回来,舅舅总是打发二表哥把她强行送回婆家。在舅舅的概念中,家庭出问题,错一定在妻子。我至今清晰地记得,表姐被强行送走时的泪眼婆娑。有次二表哥说起此事,说如果怎么怎么的,他真想把那人拿棍子干翻了。

阳坡泉下 —— 面对大西北的乡愁

终究还是离了婚，于是二表姐迅速地改嫁，因为嫁出去的女儿不能在娘家久呆。

那一年，甘谷县发生了一起大案。一伙去云南丛林里贩毒的甘谷人，被击毙在云南没能回来。紧接着，甘谷县缉毒大队因参与贩毒整体被抓，这个前表姐夫作为生意人也进去了。结果是，那些警察最后全部服刑，而这个前表姐夫散尽所有家财躲过牢狱之灾。

此时的前表姐夫两手空空，便到舅舅家来耍赖撒野并吃住在家里，要求与表姐复婚，可表姐已经改嫁了。

那段时间，我住在舅舅家，这赖皮也住在家里。就这样，折腾了大概半年时间。二表哥曾经想动武，但被舅舅强行制止。舅舅的想法是，碰上这种赖皮，动武之后后果难以收拾。再说了，他就是一赖皮，进局子也无问题，可大总门里不能有人进去。

半年后，风声一过，那人回了甘谷县城，重操旧业。那段时间，甘肃的临夏和甘谷，是中国西部毒品的集散中心之一。

说来，甘谷人会做生意，但极易冒险。西安到天水的渭水河谷，是从中国中东部通往西域的门户。此地路窄而弯，火车无法提速，于是甘谷的"铁道游击队"就非常猖獗。有年全国性打击车匪路霸，押运武警可直接开枪击毙，于是又有一批甘谷人命丧货车。在兰州大学读过书的同学大概都知道，火车快到甘谷时，列车员都会过来拍醒乘客："醒醒，醒醒，甘谷到了！"饶是如此，每年来报到的新生中总有人在甘谷被掏走了学费。

时在20世纪90年代，这前表姐夫的特殊生意进展得不错。可能是吸取了上次教训，得手后马上"洗手"成为辣椒制品生产商。现在，县里最大的酒店和房地产开发公司都是他的。后来的妻子，是一位毕业不久的女大学生。

在舅舅的几个孩子中，最能干的应该是二表哥。舅舅认为只有农耕才是立身之本，这硬生生断送了二表哥的生活，也断送了他的命。此是后话，此处暂且不提。

有一次二表哥狠狠地说，从大总门出去的女儿的孩子，都跟得上时代并混得不错，大多数都读了大中专学校，只有大总门里面的都被舅舅这样的人给害死了。要么，就是这家祖上的坟茔不好，他扬言要把坟茔挖掉。

这当然是玩笑话,却又招来一顿训斥。

他的儿子,我后来也见过一次。他过世后,儿子因为发烧听力失聪,经常被人欺负。母亲因此把这孩子接到了我们村,让我三叔的孩子带这孩子一起上学,以免被人欺负。但也有保护不了的时候,我给他的一笔零花钱,不到半天时间就被别的孩子抢去了。

除了道德文章,舅舅家给我最深的印象,是他们有个小花园,有很高大的像树一样的牡丹花,还有竹子。在我们那里,我从未见过谁家有花园的。舅舅过世后,有次去的时候见还在,第二次去的时候貌似就不在了。

我之所以写写弄弄,大概是受了舅舅的影响。俗话说,养儿跟舅舅。我这个外甥,算是跟着舅舅学了。

阳坡泉下——面对大西北的乡愁

二表哥祭

烧过了三年纸，按老家的风俗，表哥就彻底不在我们中间了。

嫁给舅舅的时候，舅妈是一个带着遗腹子的寡妇，这就是我的大表哥。舅舅亲生的第一个孩子，由于成长环境的缘故，他没有一点老大的老实和责任感，却满是弟弟的调皮和玩世不恭。我所说的表哥，正是这一个，也就是我前面提到的二表哥。

那时候乡下还没有通电，唯一的电器可能就是手电筒。舅舅家的院子门口有个小门房，那是为看住养在院子外面的牲口而特意盖的。表哥不愿意住在院子里，自动要求住到这个门房里看牲口。我去舅舅家的时候，他在这个小小的门房里演示他的电器——将手电筒的灯泡和电池卸下来，在一块木板上用闸刀控制电路——这当然是很简单的初中物理实验，却是我最早见到的电器原理——后来我自己动手做过，却因为觉得没有创意而放弃。

他对任何东西都有兴趣。他会写几笔毛笔字，我家的堂屋挂的条幅就是他买来的，侧面墙上还挂着他的书法作品"宁静致远"，而舅舅虽然不喜欢这个孩子，但供祖先的神牌却是他写的；他会画画，画过全套的西游记人物挂在屋子里；他会木匠，我家的沙发就是他用草包做的；他懂建筑，乡政府的大楼就是他承包下来修建的。

他出过门见过世面，学过武术，衣着时尚，会游泳——在西部乡下，连吃的水都等不来的地方，会游泳实在是一件稀奇的事。舅舅家门前有一水坝，里面有些小鱼，表哥经常捞些回来，让人带回家养。表哥会游泳以及捞鱼，这是我在小学里为数不多的可以向同学们吹嘘的事情之一。

表哥经常被舅舅暴打。舅舅家是当地有名的文人家族，虽然已经没落，但门风很紧。表哥这个叛逆一出，门风遭到羞辱，便被人说三道四。

那些说闲话打小报告的人，令我厌恶。而表哥一直住在门房里，他的自我边缘化的垂范，也影响到我。我虽然在中小学一直是班里学习最好的学生——按当时的规则，我应该是理所当然的班干部，但实际上一直不是。直到小学四年级才被我堂叔——班主任老师冒险任命为班长，但一个学期不到我就被降为副班长——在只有7个学生的班里，副班长的职位实在是多余，此前也从未有过这个职位。在这将近一个学期里，我没有打过一次小报告，但打过一次同学——用班长特用的木棍——人内心深处对暴力的崇拜，总是会在合适的时机跳出来。

不向老师打小报告而运用私刑，这就是当时的我作为班长的原则。

去舅舅家的时候，我愿意住那个小门房，虽然看起来让客人住在这里有轻慢之嫌，但我这个亲戚就喜欢这里。在那时候，这个小房子意味着权力管辖之外的乐趣、兴奋。这甚至影响到我以后的人生，不管在人堆里还是在单位里，我喜欢这种非"主流"的感觉，喜欢躲在角落里不要被人发现，不喜欢被领导夸奖，更不喜欢抛头露面。

表哥有一个女朋友，据说很漂亮。但那时候，乡下的孩子都有娃娃亲，退亲肯定是不行的，尤其是对于舅舅家这样有名望的家族。在折腾了好多年后，表哥娶了娃娃亲定下来的那个女孩。他一点也不爱她，生了三个孩子，但还是没有感情。表哥常年在外漂泊，从不归家，归家也不带钱回来，他的妻儿全凭另外两个兄弟照料。

家门如此不幸，舅舅在四十多岁时便撒手人寰，哭得最凶的也是二表哥。虽然在舅舅眼中他是最不屑的儿子，却是这三个孩子中间最富才气的一个，也是最孝顺的一个。为了父亲的脸面，他宁可让自己喜欢的姑娘嫁了人，自己娶了并不喜欢的姑娘。

表哥的女朋友嫁的是一个老板。据说在嫁人前有个约定——只要表哥回到她身边，她就要离婚。这老板答应了，而且送了她一座酒店。后来表哥和这位女朋友在一起生活过一段时间，那老板也如约把酒店送给了女生，但最后表哥还是没有和那女生结婚。这期间表哥和那老板有过一次谈话，不知道谈了些什么。

阳坡泉下 ——面对大西北的乡愁

没有了舅舅的管束，表哥有一搭没一搭地活在世上。他承包修建了乡政府大楼，却没有弄到钱。在街上开了个餐馆，据说赚了些钱，但从不管账，也不知道是真的假的。

他想做个孝子，但父亲不认可；他想成就事业，但总是成不了大事，空有一身手艺；他想娶个心爱的女人，却被父亲阻挠，而他说自己的老婆"抱在怀里就像抱着一头母猪"；他也许后悔当初屈从了父亲的压力，但一切无可挽回；他想做个时尚青年，周围的人都入不了他的法眼；他带出去的人都不讲义气，为了贪图小利背叛他。

传统的江湖义气、时尚、孝道、门风、世面，这些东西在他身上撕扯，使他在焦虑中日复一日。他是一个多么精明强干的人，又是一个多么矛盾的、柔弱的人，没有人知道他在想什么，在他的周围没有人能够与他对话。

他孤独。也许我能听懂他说话，但我从来没有和他说过话。自从我上高中以后，这个表哥基本没打过照面，一直到他离开人世，我再也没有见过他。

舅舅过世后，他与家里的关系已经僵到不可救药。他开始不停地打老婆，甚至打岳父——他认为，这一切都是这个女人造成的，要求他们把女儿招回娘家去。有次，他岳父家在打麦子，当着那么多人的面，他打了岳父，众人像嫌弃臭虫一样地赶走了他。

谁都知道，他成了一个大流氓，和那个甘谷城里的前妹夫差不多的流氓，人见人怕，谁都绕着他走。我母亲劝过这个侄子，他只是哭，不说话。

耕读人家出逆子，门风被他坏掉，舅妈和兄弟们也都拒绝见他，也都拒绝他入家门，骂起他来都是"死狗"。"死狗"，就是流氓的本地说法。

有年春节，他无处可去，跑到我家找姑姑。我母亲当然收留了他，算是让他在春节期间有个容身之地，他说这是他过得最满意的一个年。

我在北京工作时，有次接到他一个电话，随便说了些话。后来母亲对我说，表哥打完电话后很高兴，还给她打了个电话，说跟我谈得好开心。我估计，他已经在当地"人断路稀"，随便对他态度好些，他都会很开心。

再后来,就听到了他的死讯。尸体在粮仓里,已经发硬,疑是喝农药而死。

因为他从来不顾家,他妻子也不管他的去向,等到发现的时候,他应该已经死去好多天了。他妻子在扛粮食的时候,才发现他已经死了。

回想他给我打的那个电话,因为多年未见,话题隔膜,都不知道说什么,甚至有些敷衍的味道。他是仅仅想跟我说说话,还是告别,我也不知道,但我总觉得"告别"这个词太残忍。我答应有空了给他电话,却在第二天一上班就忘了这事,直到听到他的死讯。也许,我给他打个电话,会留住他?

听到他死了的消息,他在街上的餐馆立即被人哄抢一空。

前些年有次聊天,三表哥问我,二哥留下的那些街铺怎么办,不管吧,嫂子没能力管,孩子太小也管不了;管吧,怕别人说他抢二哥的遗产。

就在这样的矛盾中,时间又过去了五六年。这个表嫂试图改嫁,结果男人不靠谱,又回到了村里。现在,据说那爿店面是有点收拾起来的样子。

愿表哥在天堂能够罩着(保佑)自己的孩子长大成人。

第三章

前三十年历史

为了记录这段历史，我其实已经准备了十几年。

从小，一边听父亲痛陈家史，一边听朗朗父亲高声叫骂。前三十年历史，就是一部骂与被骂的历史。

这里有不堪的人类耻辱，也有闪光的人性之善。说复杂，是因为人在它面前根本无能为力；说简单，是因为它彻底颠覆了人类对于美的概念，也颠覆了人们爱的能力，是非判断简单明了。

但时间留给人们的痛楚，远非是非判断那么清晰、那么易感。历史，还得靠时间来打磨。

悲情老书记

朱唯真,20世纪五六十年代村支书。

当年父亲在小学读书,有一天,朱唯真突然来到学校,拿出一本《毛主席语录》发言:"同学们坐好,不要动,我今天来向大家检讨。"

父亲凑上去看他的《毛主席语录》,他说:"不能看,我要看了向大家检讨。"

这说明,他也被打成"右派分子"了。果然,后来这个位置就让给了另一个人,那人统治村里十来年,至今余威不绝。

在父亲的记忆中,与这个最基层书记有关的事件有两个,且对他的评价正好相反。

一是打倒"牛鬼蛇神""反四旧"。村庙供奉的是董永的老婆,也就是玉皇大帝的七仙女。村里奉上级命令要"破四旧",拆庙自然成为不二之选。

书记朱唯真发动小队长等人去拆庙,无人敢去。朱唯真说:"要是神真灵验,就先死我全家。"于是爬到庙顶去溜瓦。

陈姓小队长被逼无奈,只好也去庙里。小队长的妈妈在沟对面看见小队长往庙里走,便大骂:"陈狗蛋、陈狗蛋,日你娘,你娃娃肚子快疼死了!快往家滚。"

陈姓小队长趁此赶紧溜了,没有参加拆庙。

结果是庙拆了,但神像被村民这个窑洞藏一阵那个窑洞藏一阵,最后在20世纪80年代光荣还庙。现如今,在第三次重修庙宇。

最令村民料不到的是,朱唯真家此后果然有家人毙命。直到今日,他

阳坡泉下 ——面对大西北的乡愁

家只有一个女儿尚在世，过得甚是不好，而其他的儿子和女儿全部逝去，且无子嗣。

这当然是众人穿凿附会。在那个年代，死生由不得自己，人就像荒草一样。

村民自是对神灵更加信仰。20世纪80年代以后，陈姓小队长成了"社头老者"，也就是组织修庙和平日收香火钱、侍奉神灵的专职神职人员。

社头是这样的。从"社"作为象形字的本意看，是在土台上立根柱子，然后祭祀，这当然是原始宗教的特征。其所起的作用，乃是以神灵或者祖宗作为联结部落的纽带。而负责祭祀，即与天对话沟通的人物，当然就是"社头"。在"政教合一"的年代，"社头"既是行政首长又是宗教领袖。只有社会进入文明进程之后，政教分离，"社头"才与宗教神职人员一样，成为单纯与神灵沟通的职位。

与朱唯真有关的另一件事是"黑地"事件。

那时不同村的村民之间，甚至同村村民之间，互不往来。如果有人将羊赶到另村的地盘上放牧，羊肯定会被没收；如果怀疑他村某人放羊到过本村，则会抓来对足迹，对准了往死里打。

更奇特的是我的曾祖父，每到杏子熟了，就不和村民讲话，装作不认识，直到杏子吃完，才恢复与他人的关系。

人都说那个年代的民风好，照此看来，好在何处呢？整个村社的人际关系完全被败坏了。

正因如此，虽然舅舅家和我家只有六里路远，走过去不过半个多小时，却素无往来。那时爷爷去舅舅家吹牛，说父亲是民兵连长，将来如何如何，说得天花乱坠，却是把仅有十六岁的母亲骗来，价值是一块羊肚手巾。爷爷把母亲骗来有其道理：十六岁正好算一个全劳力，可以给家里增加工分和收入。

母亲1971年嫁给父亲，时年十六岁，父亲十八岁。

嫁人之后，母亲才知道村里还有"黑地"，过了好长时间才弄懂。

所谓"黑地"，就是在农业合作社的公地之外，朱唯真主持的村支部将一些比较好的地块分割成若干等份分配给每户人家。但这块地在表面上与其他公地无异，地界标志要么是种一棵向日葵或者种一株红薯，但坚决不能有沟渠之类明显分割地块的标志。

当收割时,大家像在公地里干活一样,集体把作物收割完毕,然后不言不说,谁家地块的作物就直接送到谁家。

这便是"黑地",其实就是自留地。正因如此,村里虽然地贫,饿死的终究有数。时至今日,村民仍旧感念朱唯真之好。

此外,当时上级要对每块地"估产",要是估高了,粮食基本上全部被征收,村民就要饿死。朱唯真往往等领导估完了,便请他们到村部一坐,言说某地块很贫瘠,根本没有那么高的产量等,于是上级领导会说:"既然朱书记这么说,那就改一改。"

"黑地"并非一帆风顺。村里有个积极分子,为了向上级表现自己的忠心,一次次向上级举报本村的"黑地"事件。朱唯真没办法,最后给了这人一顶"四类分子"的帽子,管制了起来。

"四类分子"的话当然没人信,且对朱唯真的攻击就是"攻击党的领导",于是本村的"黑地"一直保持到"三年困难时期"结束。

在那个理想主义的年代,尽管有某种强制性的东西,但某些人性的美好,仍然没有被泯灭。至于后来,随着变本加厉的强制,人性再也扛不住了。

阳坡泉下——面对大西北的乡愁

"反标"与批斗会

西北黄土高坡土质很硬，故能挖窑洞，久经风雨而不倒塌。官家在公路两旁的崖壁上，铲出一块块一平方米见方的圆形区域，刷上各色标语，也能历久不褪。

母亲记得，有一个中学生在这样的一个饼状的龛里写："打倒毛主席。"

母亲看见很多人围在那里，和其他人一样以为是卖什么的，凑过去一看却是官家在拓字，周遭有扛长矛的民兵站岗，气氛森然。

原来是有个"反革命标语"。拓下来之后，在周边乡镇人人过关对笔迹，最后终于查出是一个十来岁的学生所为。

查出来之后，鉴于孩子太小且成分很好，一直没有最终结论，但其家人惶惶不可终日，终有老人惊吓过度而去世。

话说，这种刷在墙上的一个平方米大的标语，在20世纪90年代初曾经重出江湖。公路两侧的山体上、各家墙上，到处都是口号。直到1992年邓小平南方谈话后，这股风才被刹住，但那遗迹要若干年后才能慢慢被风雨剥蚀。而在"文革"结束十三年后的那次所谓"社教运动"对人心造成的撞击，使人对中国前途的想象以及对人心的戕害，相当于在旧伤口上撒盐。

父亲所在的乡镇发生了同样的"反革命标语"事件，但最后竟没能对出笔迹，便不了了之。

母亲所在的村子虽小，但离乡政府很近，所以对上面的动静竟比父亲更了解。她记得打死的"反革命"倒不多，但吓死的人很多，"街上几乎天天有哭声"。有些人栽到涝坝里,也就是西北干旱地区夏天防涝的坝,其他季节都是干涸的低洼地。

个别人的死状,非常悲惨:落水后头部栽入水中,水慢慢干掉后,朝天的双腿露出,人们才发现尸体。

父亲不喜欢这种批斗会,但母亲觉得,既然开会和挖地一样能挣工分,干吗不去开呢。

有次会上爷爷批斗人,父亲中途喊母亲一起离开,被母亲拒绝。母亲回家后,父亲持擀面杖打了母亲。

今日说起此事,母亲对父亲说:"你拿你斗人的父亲没办法,却拿我出气。"

那时"四类分子"胆敢偷听党的广播,也是"反革命"事件。大概当政者以为,让"四类分子"知道党的政策,不利于对他们的专政。爷爷的职责就是晚上偷偷藏在"四类分子"的院墙根,窃听"四类分子"有没有偷听党的广播。

母亲那时年幼,所在的村庄太小,只有四户人家。当有人唱"爹亲娘亲不如XXX亲"时,有位老人家说:"爹给你吃的,妈给你做双破鞋穿,XXX给你屁吃。"

但因此人成分很好,加上村子太小便于保密,更兼人情味很浓,革命氛围不够,竟然无事。

阳坡泉下——面对大西北的乡愁

疯狂村支书

在写这篇文章时,我不得不先平复一下自己的心情。

核实事实时,父亲也一再说,不要提了,写这做什么,都过去的事了。

他突然想起一件事来,"当年,他村支书扬言:'你们父子只要活一日,就逃不过我的笔尖子'。我回答说:'我非要逃出去。'如今你写这个文章,正好反过来了,莫不真的是报应?"

我当然不是想把他弄进共产党的班房去,就如他对待村民那样。只不过,这是历史,我们有责任记录它。

有关这个人的故事,一直断断续续,因为提起此事,所有人都是心情激动,难以完整地讲述一件事情。我也不好过于刺痛他们的伤口,只能记一些头绪。

在对党绝对忠诚但人品很好的老支书朱唯真卸任后,村支书一职就一直在鸣娃、魏氏、祁氏三人之间轮流。"文革"期间,则主要是鸣娃,偶尔是魏氏,而魏氏是鸣娃的亲家。

村里以前日子比较好过的那些人家,多半是省吃俭用攒下来的,可是到了鸣娃书记治下,他们就是剥削人民的地主、富农、恶霸。于是,他们这些成分太高的人,就成为"政治贱民",备受欺辱。

我家后面这口窑洞,就是这些"政治贱民"们挖的,包括其他大大小小的防空洞,也都是他们被迫劳动的结果。他们白天在这里挖洞,晚上就圈在洞里不让回家。如果稍有看不惯,便往死里打。

在父亲的嘴里,一个"打"字,概括了村里当时的形势:整个村里打得鸡飞狗叫。

几乎所有村民都被打过，包括鸣娃的堂嫂，不知怎么就被他看不过了要追着打。他堂嫂实在跑不过了，只好当众把裤子一拉，蹲下来撒尿，这才躲过一劫。

鸣娃嫂子的婆婆看见了，便说："天不怕地不怕，看见鸣娃面光光。"

"面光光"就是难为情的意思，老人家面对自家侄子如此作为，也只能一句"羞他先人"了事。

当地民俗，女人的裤子是骚的，看了不吉利。所以偶有泼辣女人吵架一旦处于下风，且对方是男的，便会脱裤子。此时男人一般都怕落个闲话或者不吉利，落荒而逃。

不仅男人，就算妖怪，也怕女人的裤子。小时候炕太热，人有时被魇住，想醒却又醒不过来，有时候还说胡话，这便是被鬼缠上了。于是父亲就要拿起母亲的裤子，在被子上乱打一气。

我的母亲，在十六岁的时候险些被他抓去结扎。回头想想，如果真让他得手了，就没有你看到的这本书了，因为根本就不会有我这条生命。

那时候，我妈刚嫁过来，才十六岁。书记嫌年龄小，逼着我父亲退婚，否则就让我妈结扎。当天在修水平梯田时，貌似要有所行动。我母亲以上厕所为由，将铁锹托付给了一位邻家媳妇，自己翻过我家后山一直逃往山对面娘家，一口气跑到沟底，发现后面没人追，这才缓口气。

父亲说，要整人总是有借口的。那时候，书记自己的侄子比我父亲还小，但已成亲好几年了。

书记攻击别人是恶霸，其实他自己才有着别人不具有的"霸"。

阳坡自然村有人逃荒到山西去了，于是人家的打麦场、庄院就被原本住在阴坡自然村的书记举家迁过来鸠占鹊巢。后来人家回来，虽然闹腾过，但能奈他何。他们三兄弟，前后占了阳坡自然村三处地方建了庄院。

政府给村里一匹马，他给弟弟养。后来，下了三头骡子，给自家三兄弟每人一头。

有人放羊时砍了些野柴，也被他打，说是侵占公家财产，逼着背到他家去。

他最看不得别人比他强，嫉妒心让他发疯。

阳坡泉下 ——面对大西北的乡愁

父亲刚开磨坊时，他也来磨面，因为用的是新式机器，两百斤粮食一个小时就磨好了。他觉得太快了，肯定有问题，便跳进来说："要是磨不好，把你头杀了。"

结果一看，面粉质量很好。他便把一台大队的新柴油机拿去，自己开了磨坊与我家竞争。

父亲八百元买了台二手拖拉机，停在门口修。他过来问，这是谁的车？修车师傅告诉了他，他便指着我父亲说："你这个坏尿，今天开拖拉机，明天还要开大车哩！"

父亲说："我还想开飞机呢，现在你管得到吗？来批斗呀！"此时已经是20世纪80年代中期。

有三个村民合伙买了一辆自行车，他过来追究："一个私人，你们有多大的胆，还买自行车？"

有年回家过春节，出嫁的妹妹回来省亲。我便和父亲同居一屋，夜里父亲不停地惊醒并大喊大叫。

一早起来，父亲便说，他几次梦见和"文革"时期的村支书吵架，梦见对方威胁他说再不听话就送到公社上"学习班"接受"教育"，于是不停地惊醒、不停地再做梦。

吃完午饭，竟然这人还真的到家里来了。他刚一进院门，屋里几个串门的人透过玻璃窗看到了，便纷纷欲作鸟兽散状。炕上的众人相视一看，纷纷下炕找鞋，但明显来不及跑掉。

此人嗓门巨大，一进门就大喊大叫，屋里的人来不及道别，但又不好意思走开，便作沉默状。

这人一进屋子就大声问："记者来了吗？"

本来平素我家串门的村民很多，来的尊贵客人会被邀请上炕就座，但来的人太多了，这个礼节就不太被使用。连我这样的晚辈，一看来的是普通村民，也就挪挪屁股，以示邀请之意。

此人进屋，炕上已经空无一人，众人尴尬立于地下。此人有一搭没一搭问些事情，众人诺诺回答，但还是没有人敢走掉。按照这边的风俗，如果有人进门其他人都走掉，便显得不欢迎来人，或者对他有意见。

谁敢对这位三十年前的村支书有意见呢？

此人一进屋,我就猜测此人来意。但因为人太多,此人可能不好意思说来意,寒暄了一阵,便起身告辞。

走后,父亲说,肯定是想拍"老像",人太多不好意思说,只好先走了。

这倒也是,村里能拍照片的人不多。上次也就是七年前回乡,给村里不少老人拍了些照片,后来有些老人在这些年里相继故去,我的作品便理所当然成了纪念老人的"老像",被装在相框中供奉。

说到父亲的惊梦,这应该是他最惨痛的记忆。"文革"结束了,他却上了一回乡政府的"学习班"。他在秦安县一个村里买了台柴油机加工磨面,结果这书记说是偷的,原因是李家寨子那里一台柴油机的油尺不见了,便扬言要把我父亲往班房里送。但在证据确定前,父亲先被送到乡政府的"学习班"关起来了。

后来,我爷爷从原卖主那里开了秦安县那个乡的乡政府盖章的证明,结果这边的乡长说证明是假的。父亲便反问这章真不真,是不是你们共产党的章?乡长当然知道这章不可能假,道理上又说不过他,关了几天后便也只好放人。

在上"学习班"的这段时间,我父亲作了详细的记录,准备出来后复仇。但后来,每看一遍就痛心,干脆一把火烧了,"回后不看了"。

我家的四合院。

阳坡泉下——面对大西北的乡愁

祁山会议

那时有一起非常严重的"反革命"事件，叫作"703案件"。审案者认定："四类分子"们开了一次"祁山会议"，会议提出"先杀党，后杀团，贫下中农都杀完"的口号。

我们村的一位媳妇，前一天还在批斗富农，结果次日一觉醒来，她丈夫就成了"反革命"，被牵连进了所谓的"祁山会"。

本村这位老先生没有参加会议，但因为他与牵进去的一些人熟悉，一起喝过茶，于是被牵扯。他是位乡村医生，也兼着给人做法事、算算命之类。他倒没有受太大的苦，就是陪斗过两回。

而我有两位堂祖父都受到牵连，被人揪住头发，一撮一撮掉下来。

其中一位堂祖父我叫二爷的是乡供销社的售货员，对我家也颇多照顾。在这次事件中，他也被冤了一回，说是知情不报，被打成"反革命"批斗，并开除党籍、公职，下放劳动改造。

起因竟是受邻县秦安县太平镇（现归王铺镇管辖）几个"反革命"牵连。当时这位二爷给二儿子办婚礼，就跑到太平镇街上买酒，因为太重就把帆布包放到老熟人郭维一家里，以便买完其他东西后一起拿走。

进门后，郭维一问他，王伟琪（音）有没有对你说过什么？二爷说不认识王伟琪，也没听他说过什么。此时，进来一个收鸡蛋的甘谷人，碰了面。

二爷回来后，郭维一被查出参与了"反革命"活动，便交代说给我二爷说过此事。加上那个收鸡蛋的甘谷人作证，于是二爷被牵连进去，罪名是"知情不报"。

"文革"后期,二爷和我堂二叔给县委组织部、政治部写信反映,一位县委副书记表示过问一下。后来,《人民日报》刊出特约评论员文章《平反冤案的历史借鉴》后,觉得时机总算是成熟了,他们又写信到天水市委组织部,于是被平反,恢复了堂祖父的工作,补发了工资。另一位堂祖父,因已去世而作罢。

此案牵扯到甘谷、秦安两县许多人,甘谷县在安远镇后川沟开过公审大会,把涉案的牛俊川宣判后枪毙了。另外,郭维一、王伟琪(音)是秦安县判的死刑,平反后给了国家赔偿。

母亲记得,那段时间斗得非常厉害,一些硬气的就坚持下来了,胆小的活活被吓死,有两个人是上吊的,有些是自己把脑袋伸到涝坝里淹死的。其中一位去放羊,晚上时只有羊回家了,人却未回。家人哭着找了三天,终于在我们村的祁山自然村野地里找到了。家人将尸体抬回去,还被批斗,说是自绝于人民之类。

说起此事,做过小学校长的堂二叔表示"非常可笑"。但因为他父亲已经不能准确地描述过去,有些细节已不可考。更要命的是,他曾经保存的一份宣布开除他父亲党籍的文件,也在平反后给撕掉了。

我没法找到更多的有关此案的消息。据邻近天水的陕西省宝鸡市《陇县文化大革命》第二节记载:

> 1968年后,陇县制造了所谓的"703反革命集团案",将71人列为"反革命"嫌疑犯,关押17人,其中1人死在监狱。

在我老家,因此案自杀者4人,被枪毙者3人,惊吓而亡者不知凡几。

据堂二叔回忆,他父亲是1978年平反的,补发了十年工资,那么这起案件应该发生在1968年到1969年间。

另据人民网报道,直至1976年,仍有"703案件"发生,且竟是一个地主子弟放的一个响屁引发的。

事发贵州铜仁,此处与湖南交界。1976年,贵州铜仁地区松桃苗族自治县牛郎区(辖今牛郎镇、大兴镇和沙坝乡),以追查"反革命"为名,以群众运动取代公安机关,采用五十多种酷刑,破获所谓"反革命"组织36个(其中便包括了"703反革命"组织),"反革命"组织成员1359人,

阳坡泉下 —— 面对大西北的乡愁

涉及贵州、湖南两省四县，致死37人，另有263人被折磨致残。

据中共贵州省委信访处《苗乡风云》（《春风化雨集》上，309~320页，群众出版社，1981年版），那个"屁"是这样放的：

1976年1月18日傍晚，牛郎大队鸡公田村，参加工程施工的四茶大队四茶村的社员们吃完晚饭后，围着几个火坑烤火取暖。由于晚餐喝了点酒，有几个年轻人就拿地主子弟龙政云的婚姻开玩笑。龙政云虽然心中不快，嘴上未敢作声，却放了个响屁，引得哄堂大笑。小伙子们继续开他的玩笑。龙政云借着酒劲，放出一句狠话来："你们再说，我杀死你们几个！"

坐在龙政云对面的大队贫协主任田某闻言冲了过来，抓住龙政云的衣领，说："恐怕他敢呢！扭他到公社去！"

其他人连忙过来劝阻："大家都是开玩笑，不要当真。"龙政云的父亲龙德灿看到儿子闯了祸，急忙过来求情，田某也就放了手。

这件事，本可了结了，但不知谁又告到了工程指挥部。龙政云被捆到指挥部受审，受不了民兵的殴打，龙政云只好交代说他父亲龙德灿、叔父龙年灿、族兄龙茂云准备和他一起杀人。

武装部长听后，又把龙德灿、龙年灿、龙茂云三人叫到工程指挥部吊打逼供。龙茂云交代，沙坝公社他远房姑父吴宪保说他们那里有几千人要杀人、要暴动。

这便是"惊天大案"了。

回到本村。祁山是我们行政村管辖的一个非常小的自然村，是个"独庄"，周边没有其他村子，村里只有五六户人家，很是隐僻。距离我们村有40分钟路程，其实更接近秦安县太平镇。据说两县的"反革命分子"在祁六九儿家召开了一次"反革命"会议，成立了"祁山会"。

事涉祁六九儿的父亲，现已过世。祁六九儿现在是我表侄女的公公，2014年春节他在电话里告诉我，当时他只有二十来岁，他父亲与秦安县太平镇邵庄村的一个村民是亲家，那亲家涉及什么"韩南案件"，于是他父亲就被牵扯进去了。

"韩南案件"的韩，是指韩永，此人被关进去了；南是南丙辛，说是白银市会宁县黄家窑人。因为秦方言中"南""兰"不分，究竟姓什么，他也搞不清楚。因为哪怕作为当事人，一切也都是听官方宣布得来的。

这两人的名字只是音同，究竟怎么写，他们也不知道。当事人都不知道自己罪名怎么写，还有比这更大的笑话吗？

据堂二叔回忆，这两人其中一个是打石磨的石匠，在当时宣布的案情中，以手工为名走村串庄搞串联。

由于那时所谓"反革命"案众多，天天各种冤假错案层出不穷，恐怕当事人都搞不清自己牵涉了哪个案子。在讲述中，经常将不同的案件混为一谈。如祁六九儿，就认为"韩南案件"与"703案件"是一回事。

祁六九儿说，虽然有"祁山会议"这一说，但也是官方宣布后他才知道的。当时他已二十多岁，如果真有这么重要的会，他不可能不知道。

至于"703"是什么意思，也都搞不清楚。祁六九儿的父亲后来被办了"学习班"，但鉴于是贫下中农，也什么都不知道，后来也就一般处理了。我父亲记得，当时祁六九儿的父亲被发放到本村劳改打土坯，有批斗时还得陪斗。

至于"祁山会议"，根本就没开。破案后，骂的是"祁山会议"，实际上谁也不知道究竟是个什么东西，也不知道是哪个人被逼急了乱说一气。

那位在县里当过领导的村里长者回忆说，"703案件"是全国范围的，可能在通报时老百姓知道的。与"祁山会议"有关的应该是"韩南案件"，祁六九儿的记忆是准确的。

当然，这些莫须有的案件最后都平反了。可是对于已经去世的人来说，有什么用呢？

在核实这些事实时，不管祁六九儿还是堂二叔，无一例外地发问："你问这个做什么，不会有后果吧？"

恐惧，是历史留给上面整整几代人，也许还包括我和下一代人的基因。

阳坡泉下——面对大西北的乡愁

爷爷整人

2010年，看完上海世博会朝鲜馆，父母有一肚子苦水要倒。

父亲与爷爷，也就是他的父亲，是完全不同的两类人。在"文革"时，父亲年纪尚幼，为人纯朴而简单。

爷爷因为成分好，做了村里的治保主任。上级赏他一件旧军棉袄，乐得老人"屁都夹不住了"，一路去治下一个叫谭家湾的自然村视事。

当地风俗，很多地名都以"家"为村名，比如李家湾、朱家湾、谭家湾之类，但在官方的登记中"家"字会被去掉，以"李湾""朱湾""谭湾"等称呼之。一旦有人以"官名"称呼某村，便可断定此人为"公家干部"。

爷爷乐颠颠真爽，路遇他的大姨子，便问道："你这个同志，你去哪里？"

"同志"是挺别扭的词，"你去哪里"用的是普通话，爷爷在黄袍加身的那一刻，突然成了一个有身份的用"官话"的人。

然后他自我介绍道："我去谭湾。"而不是"谭家湾"。

爷爷获得治保主任的职位，说不定也是托了祖上的福。据村民回忆，爷爷的父亲是个因为太穷而常年穿着七分裤的人，但为了壮声势常年扛着铡刀晃悠，扬言谁要对他不敬就要砍谁。

为示忠诚，做治保主任的爷爷家供祖先的堂桌后面，挂着一幅"毛主席他老人家"的画像。

每天一早，贫下中农等成分好的人，要空腹跑到村里的请示台前站直了朗声报告："向毛主席你老人家报告：今天我要去倒粪。"说毕便扬长而去，其他人依次进行。

但"四类分子"没有这个资格。在午休时刻，别人休息，他们要到爷爷家面对"毛主席他老人家"的画像忏悔、请罪。

未进门时，"四类分子"要先低头，就像古代官员觐见皇帝那样，不敢贸然抬首目睹龙颜，又要双手紧贴裤缝，像官军的立正姿势。

"四类分子"请罪完毕，便从口袋里掏出记录他们请罪是否"老实"的小本子请爷爷评定。如果评定为不老实，则要被批斗，而评定为老实的，在批斗别人时则只需上台陪站而已。

父亲很讨厌这个东西。有次有位"四类分子"说："我要老实请罪。"爷爷在炕上说："嗯，你是要老实请罪。"

话毕，父亲说他的脸已经红到脖子根了。

有次一位年纪很大的人请罪毕，谦虚说："我请罪得不够老实。"

爷爷不识字，对负责评定的父亲说："你就按实写吧。"

父亲在本子上写道："很老'十'。"（父亲当时不会写"实"字。）

父亲发现，那老人出门时向他诡秘地一笑，以示感谢。

另有一次，爷爷不在家，两位长辈前来请罪。父亲说："拿本子来，我给你写'老实'。"

两人不敢确定父亲是真心的还是陷害的，说："一定要请罪。"

昨晚还在写稿喊口号的，今天就突然上台被打倒。在那个年代，人与人之间确实没有任何信任。父子之间、夫妻之间，都不及对毛主席的虔诚靠得住。

但信念有时更靠不住。做治保主任的爷爷，白天斗别人，夜里却偷偷去贩牲口，一点也不"狠斗私字一闪念"。

大概是1968年"文革"高潮那会儿，爷爷身兼两职：村治保主任兼小队副队长。村治保主任这个职位说起来是负责治安的，其实是个最得罪人的活，类似于戏场里的武疯子；小队的副队长，也是威风凛凛、自觉了得。

当年最多的活，就是村民集中起来造水平梯田，上一轮在下队，下一轮就在上队，轮流修造。每到中午休息，爷爷就要将祁六九儿等"反革

阳坡泉下 ——面对大西北的乡愁

命分子"和"四类分子"集中起来批斗。批斗的主角当然是书记等大队领导,但他负责组织并作开场白。那种开场白,当然是用来烘托和制造气氛的,要很横才行。爷爷这个社火队吹牛角的角色,放在这里当仁不让。

除了组织批斗,还负责偷听"四类分子"的墙根,看他们有没有偷听社会主义广播。

父亲说,他虽然年龄小,但脑子比爷爷拎清,经常教育爷爷不要做坏事。万一做过分了被父亲扫到风,父亲会骂他,所以爷爷倒也收敛。盘算下来,爷爷没有打过人,也没有抓住过偷听广播的,但是污辱人这种事,肯定干过不少。

林彪死后,"文革"理论实际上就破产了,各种批斗日渐少下来,爷爷的治保主任一职开始变得若有若无、无足轻重,既没撤职也没说还有这个职位。后来,父亲在山阳坡放羊,村里文书来找他,动员他子承父业接了治保主任一职。父亲不从,赶了羊就走,那文书竟一直跟到山的阴坡。父亲气急了,便骂:"我日你娘的,我才不当你爹的这球玩意!"

文书被他这么骂了一通,才走了。后来,这个职务好像真的就没有了。

父亲说,虽然自己的父亲当了一辈子队长,但他对这些村干部很反感,也被他们伤过心,所以赌咒发誓:"至少三辈人手里不当队干部!"

造化弄人,我们这些后人自然是无缘村干部了,而他自己险些不得不当。那是2000年后,因为没人愿意当我们阳坡村民小组的小组长,也没人愿意抓阄当,于是村里只好规定每家轮流一年。当轮到父亲时,他当即躲到海口弟弟家去了,一年当中杳无音讯。

请示台

　　小学同学朗朗家的院墙，与公路有二三十米距离，这块区域便是个小小的广场，而小广场几乎就是碎玻璃的世界。我很小的时候，朗朗哥哥牵着我的手走路，结果就在这里跌了一跤，左膝被碎玻璃割破，伤疤至今明晃晃的。

　　院子后面是几棵参天大树，有大杏树，还有酸梨树。每到杏子成熟季节，几成全村节日。朗朗家会组织大家捡杏子，有人爬到大树上摇，有人在下面捡，杏子就像下雨一样噼里啪啦掉下来，地上、屋顶上都是黄灿灿的。

　　说起来，2013年8月路过本村，竟然发现一棵小杏树上还剩几颗杏子，便让堂弟爬上去摇下来，吃了好几天呢。

　　广场正中位置建了一座请示台，小时候我们不知道是干什么用的，经常爬到中间那个龛里去坐着，或者说这个地方是我们可以爬高的唯一的建筑。

　　台子是用土坯垒起来的，在本乡这样的亭式建筑独一无二，有四角四面，是微缩版的天安门广场上的人民英雄纪念牌，只是每面一个神龛，小孩可以坐上去晃脚。我用谷歌和百度搜索照片，均未找到这种形制的请示台。

　　请示台表面的泥皮非常细腻，可见用工很精。上面的红五角星很是触目，是鲜血那样的颜色。基座一层层垒上去，很有艺术感。上面的屋顶下面，还有用砖一层一层伸出去的斗拱，将屋顶伸展开去。

　　这里是儿童的乐园，却是大人的失乐园。

　　在1976年前，大人们起床后的第一件事不是洗脸，而是全村集中到这

阳坡泉下 ——面对大西北的乡愁

里,挨个对着这个土台子念叨,比如说,"毛主席你老人家,今天我准备去捡牛粪"。晚饭前的最后一件事也是跑到这里,对着土台子念叨,比如说,"汇报毛主席你老人家,今天我捡了三坨粪"。

这叫作"早请示,晚汇报"。而且,这是成分好的村民的待遇,那些成分不好的或者是"右派",要到生产队队长那里去检讨、认罪。有关的情节,我在《爷爷整人》里提到过,爷爷就是这样的一个小队长。

这种近乎宗教仪礼的行为,直到林彪摔死、"文革"理论实际破产后,这才终结。但本村的请示,却一直没有停过。

实际上,一开始确实与宗教祷告差不多,用的是"早请示,晚请罪"。因为要将村民分裂为不同的等级,请罪对"政治贵族"就不适用了,只适用于"政治贱民",且毕竟要与宗教有所区别,这才有了"晚汇报"这个说法。

在最疯狂的年代,从不知跳舞为何物且至今视跳舞为禁忌的村民,也在台前跳"忠字舞",母亲至今记得跳舞的那几个人。

有件事可说明人们被禁锢到了何等程度。我出生没几天,就发生了毛主席去世的大事。天地同悲,地动山摇,人间哭作一团,老家也没能幸免。人们聚在每日向毛主席汇报行程和想法的请示台前,祈求他老人家保佑苍生。

有一日突然余震,父母仓皇而逃,根本没想到他们已经有了我这个孩子,而不再是两个人了。

惊魂初定,母亲想起来我还在屋里,回屋一看,没有死。

但不死并不意味着就能好过,营养不良、贫血等种种毛病一直伴随着我,甚至过了我上学的年龄,父亲都没想起应该让我去报到。

对我来说,请示台留给我印象最深的除了捡杏子,还有朗朗父亲的骂声。

朗朗的曾祖父是村里的武林第一高手,在"三进三出"攻打秦安县太平镇的时候就是他带人去的,当然他也是死在那次战斗中。

斯人已逝,但风光仍在。他家仍是村中的大户,田地以拥有多少个湾来计算。土改一来,他家彻底败落,一个孩子到最贫穷的宁夏西海固地区讨生活,一个瘸腿的留在家里,就是朗朗的父亲。

这户人家拥有最好的嗓子。朗朗父亲是村里社火队必不可少的演员,同时承担多个角色和行当。唱秧歌和小曲,几乎都是他的声音,以至于我以为这本来就是唱戏该有的声音,便极力模仿。朗朗在学校里也是一副好嗓子,高亢而热烈,而学生唱歌得有个起头的,这个位置几乎都是由他专擅。

如果是在早上开课前,隔一座山头都能听到朗朗的"念书"声。

我们小时候朗诵课文,不是念,而是放声唱,就是扯着嗓子喊的那种。我的同桌背诵"闪烁"这个词的解释时的语调和节奏,我一辈子都不会忘记:"闪烁"——"光明——忽明忽暗——动摇——不定"。

每天早晨,老师还没到校的时候,我们得扯着嗓子"念书",等着老师的铃声响了,我们才进各自的教室等老师来辅导。

权老师的咳嗽声几乎能与朗朗的读书声相比。只要权老师在山头上咳嗽一声,我们半山坡的校园里就能捕捉到,于是令朗朗赶紧放声"念书",以示我们整体在认真读书,其他人也赶紧去找课本来"唱",然后校园里就像树林里乱成一团的鸟儿一样热闹。

此时的朗朗,早已没有祖上的荣耀罩着。相反,前支书家的老三,即学校里的"三哥",才是旗帜。读小学二年级时,他耍过一次流氓——那是隔壁村一个很漂亮的小姑娘,下课后老师刚走,三哥就掏出"鸡鸡"转向对着姑娘的课桌,弯腰做不雅动作。

朗朗父亲若遇到不开心的事情,便会扯开嗓子对着全村叫骂:"狗日的XXX,把我家害苦了。我家一门,就被你们狗日的弄完了。"

朗朗家的院子后面崖上,就是前支书家。朗朗父亲在骂谁,或者不骂谁,谁也不知道,但又好像大家都知道在骂谁。

就这样,我在朗朗的念书声和他父亲的叫骂声中读完了小学。

至于请示台,没人拆,也没人维护。在我读大学的时候,有次回家时发现已经不在了。母亲说好像是坍塌了,然后当废渣倒掉了。

后来再问,说是2008年汶川地震期间倒的,而我一位堂婶便是请示台倒掉的唯一见证人。

大婶家住在离请示台不远的隔壁。地震那天,她从家里狂奔出来朝着学校方向逃命。经过请示台时,上面的一块红五角星掉了下来,吓了她一

阳坡泉下 —— 面对大西北的乡愁

跳。但她判断了一下，觉得在彻底倒下来之前，她可以跑过去。结果，她刚跑过去，身后便"轰"的一声，请示台倒在了一团尘土之中。

远看，但见整个村子湮没在浓尘之中。

当时，母亲正在屋里坐着，突然听得窗玻璃哗哗作响，以为是风大或者玻璃窗坏了，出来一看，又发现没有什么问题。

刚返回屋里，却又听到屋顶瓦片哗哗作响，以为是下冰雹，出门一看，天空晴朗。突然她感到一阵晕厥，再看院子前面的电线杆，发现抖得跟小棍似的。

再出门一看，村里其他人正在没头苍蝇似的乱跑。母亲也不知道哪边是安全的，村里人看见我家门口这边人多，以为这边安全，便向这边聚拢来。

院子后面的窑洞上方，土崖上的土块纷纷砸了下来。母亲突然想起院子后面有群小鸡，"这下肯定全砸死在后面了"。

地震稍歇，母亲回到院子后面一看，小鸡不知躲在哪里竟还活着，倒是堂屋后墙被掉落的土块砸坏了，而土块拥堵了堂屋后墙，随时可能把墙面给挤垮。

当时父亲正骑摩托车走在路上，突然方向开始失控，他以为是前轮漏气便下车查看，下车时险些摔倒在地。等他抬头一看，路边的变压器就像被抛起来一样，在两根电线杆间跳上跳下。

电话已经全中断，约三小时以后，妹妹才偶然接通父亲的手机得知家人平安，而后又失去联系。

凭记忆复原的请示台图。

挨饿记

饿，从我的曾祖父一直贯穿到我。

时在1958年，曾祖父才四十岁，父亲五岁。曾祖父当年的死，基本上可以说是饿死的。后来曾祖母的死，"可能也是饿死的"，父亲只能这样说。

虽然一般将1958年到1960年称作"三年大饥荒"，但我们这里1958年才真正饿死人，1960年时人们似乎已经适应了饿死人，对饿死人的印象没那么可怕了。在我母亲的记述中，所谓挨饿就是"58年"，骂我们是"饿死鬼"也说"你是58年来的饿鬼呀"。

据老人回忆，当时青壮年都去外地"大炼钢铁"去了，村里只有老人、女人和孩子，庄稼烂在地里也没人收割。曾祖父死在炕上的时候，曾祖母就在一旁，但没有力量把他弄走，只好把尸体推到炕的另一边，一起睡了好几天。最后终于有村里人来发现后，随便挖了个坑就埋了。

死前，曾祖父想吃个土豆，但那时土豆才刚刚从地里长出来。生产队同意去刨了两窝，挖出几只指头大的土豆给他吃了。

直到若干年后，他逃荒的二儿子在新疆参军拿了军饷，这才寄了些钱回来给他老人家弄了副棺材板重新迁坟安葬。

却说，这个坟也是极讲究的，弄不好要给后人添麻烦。有算命先生算过，我们家族的坟都是有利老二的，后来果然所有的老二都在外地工作，而老大都在家里务农。直到我这代人，老大才有改观，考上大学的倒都是老大了，当然也有老二。据说，从曾祖父这个坟头望出去，对面玖龙山一处豁岘就是一副笔架，我们这代人必然靠文字吃饭。

阳坡泉下 ——面对大西北的乡愁

后来一直就吃不饱,奶奶带着我父亲准备逃到陕西去,走到半路却又舍不得更小的孩子,于是又折返回来。

1976年我出生后,家里没得吃,我这个婴儿要吃也没得吃,日夜啼哭,直到去了趟外婆家,这才不哭了。迷信说是因为见了外婆,其实应该是吃饱了肚子吧。

母亲后来说,当时她借一点面粉做成一碗稀粥,我一次吃不完,就放在锅坑里藏着,等想吃的时候热一下再吃。我们家真正解决温饱,是我读小学三年级的事情了。直到高中毕业,我一直营养不良,现在长成这个模样,真的不能怪我。

其实,我们这代人也都这个样子。那天说起我们兰大毕业的这一代人,不管哪个省的,男生普遍身高只有165厘米上下,除非城里人,他们的个头都在170厘米左右。我们挨个一算,还真是这样。

因为自小家穷,我算是很懂事,从不向大人讨东西吃,也不讲究衣着。走到哪户人家,基本上也不吃别人家东西,这似乎是我们这个家族的基因。如果有人在别人家做客而不吃饭,人家会说:"吃吧吃吧,你又不是泉下人。"泉下,就是我们这个家族的名称。

当然,如果有人稍一推辞就吃,别人会在背后说他:"不吃不吃两三碗。"这都是饿出来的风气。

但我还是因为嘴馋挨过揍。那是1982年妹妹出生后,有人来看母亲,给了几个白面馒头,父亲怕我们偷吃,就挂在屋檐下。我看着实在流口水,就用竿子把篮子给拿下来,和弟弟一起一下子全吃光了。父亲回来后发现此事,不顾母亲阻拦,直接拿鞭子抽我。

我从来都是个乖孩子,从来都不在别人家里吃饭,从来都不贪钱,从来都安分守己,穷人要有气节,但这次我实在是管不住自己的嘴巴了。

母亲听父亲在打我们,便在屋里放声大哭。

印象中,这是父亲拿鞭子抽我的两次之一。另一次是我打了弟弟,他跑到学校把我揪出来直接用鞭子抽。

真的得感谢亲戚们!我的姨妈嫁了个水泥厂的工人,家境要好些。姨妈每次来我们家,总要赶一头驴驮些吃的,或者给我们送表哥穿过的衣服裤子什么的,一般在裤腿里面偷偷地装着粮食。

后来姨父因病去世后，姨妈竟然在次年自杀了。去世前，她赶着驴给我们家送了一趟粮食，还把我接到家里住了一段时间。母亲后来说，她把所有的亲友都告别了一遍才走的，可当时大家都没想到她竟然是来告别的。

因为姨父是公家人，当时外婆家有什么活干，两个女婿一起去了，舅妈经常会让父亲去干而让姨父歇着，原因是他平时没干过活干不了。父亲因此心里十分不爽，觉得舅妈家嫌贫爱富。

而我觉得可能真正的原因是，姨父工作地很远，一年来不了一回，算是陌生的亲戚，而父亲隔三岔五去混吃，不用客气。

尽管如此，父亲对我外婆家还是心怀感激。从我们家庄院后面的老爷山翻过去，越过沟底那条庞家河，对面山坡顶上就是外婆家。如果从我家出发，走到山后那面坡上，外婆家就可以看到我们了。舅舅有次说，每次站在门前看见我母亲或者父亲挑着担子从对面坡上下来，基本上就知道我们家是没吃的了，得赶紧准备。

父亲每次从舅舅家回来的时候都要装满两筐萝卜，大概最少一百多斤吧。舅舅说，我父亲挑着这一百多斤重的担子，下坡上山一点都不歇，真是好力气。而我们觉得，那是因为家里还有饿着肚子的老婆和孩子。

可能是母亲生了弟弟的那次吧，二表哥带着二表姐来给我们家送粮食，因为下着大雨，他们刚刚爬到半山坡，一不小心踩空，两人就从坡上一溜滚到沟底了。以后每次经过这段难走的土坡，母亲都会提起这事。

母亲真的是被饿怕了。后来我们家解决了温饱问题，但我们还是照样吃带麦麸的杂面，以至于总是吃陈粮，水果也是放烂了才给我们吃。

她也不卖粮，家里只有她和父亲两个人吃，存粮总有三四千斤以上——她真的是被饿怕了。

2009年，我大学毕业都十年了，我们几个孩子一再要求父母不要种粮食了，但母亲嘴上答应，实际上就是不听。父亲因为腰痛干不了活，只好向我们告状。母亲便骂父亲告她的阴状，说不种吃什么。直到后来，她自己也腰痛实在种不了了，这才作罢。

我家门前有棵榆树，长得很是高大。它是爷爷奶奶的棺材板，但现在

阳坡泉下 ——面对大西北的乡愁

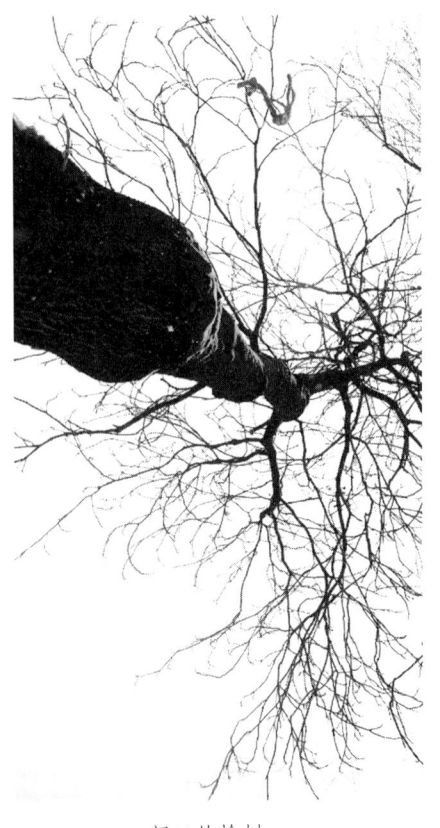

门口的榆树。

树心已经空了,明显是没什么用了。但这树一直没砍,因为父亲每次看到它都说"这树的榆钱真香"。

在1958年,这树上的榆钱,也就是长得像铜钱的树籽,结结实实地成了人们所能吃到的最喜爱的美食,而在最可怜的时候,榆树皮都没得吃了。"有榆钱吃,还能饿人吗?"小时候父亲总是这样教育我们。

那天弟弟说,提起这些的时候他总觉着有种负罪感,现在姨妈家的孩子找个工作什么的也帮不了忙,而姨妈家那个表姐生孩子都是在地里边干活边生的。其实我们欠人家的,尤其是姨妈家的,但我们似乎什么也回报不了。

二爷领媳妇

1958年,"大饥荒"才露了个头,人们已经开始受不了了,逃荒的难民出现在各个小道上。那个时候,官方"外流"的名词还没发布,大家只说是"走了"。禁止外流的命令还没下,逃出去混口饭的可能还没被堵死。

有一天,父亲坐在厨房的炕上,他在王家河读小学高年级(当时称高小)的二叔(也就是我的二爷)突然回家来,向他嫂子(也就是我奶奶)要了三个苜蓿菜团子就出门了。那时候粮食缺乏,每到春季就把长高后喂牲口的苜蓿苗挖来,煮过拌一下是非常好吃的。

这次,二爷没有去学校,而是跑到了邻近的西坪公社。我们村后来当书记的那个领导,当时在这个公社当文书。二爷向他借了6元钱,说是要买供应粮,便消失了。

现在很多人不知道何为供应粮(也叫返销粮),这个词在我小的时候还有。当时全国的粮食是统购的,农民种的粮食先征收上去,如果口粮不够,再凭供应粮指标向政府购买,这便叫供应粮。

当年"大放卫星",《人民日报》报道亩产三万斤,为什么会饿死人呢?因为既然亩产三万斤,那么把两万斤留给村民吃足够了,剩下的一万斤交给政府吧。

结果,官员们为了完成一万斤的任务,只好把农民所有的粮食都交上去还不够。怎么办呢?只好连种子也交上去了。我们最早的村支书朱唯真,就是在这件事上绝不"放卫星",而是要求报低产量,为的就是给村民多留点粮食吃。

阳坡泉下 ——面对大西北的乡愁

还有，那个时代抽风，一阵"以阶级斗争为纲"，一阵"以钢为纲"，一阵"以粮为纲"。反正以什么为纲了，其他的一概不顾。比如我们村在"以钢为纲"的时代，就全民上山砍树，把脆弱的生态给破坏殆尽，更荒唐的是地里的庄稼便也不收割了，任其烂在地里。可以说，吹牛加乱搞，才是饿死人的真正原因。

话说后来这位西坪公社的领导回到村里时，我的曾祖父告诉他："他走的时候，让我还你的6元钱。"就这样，二爷出门了。

后来我们才知道，一到兰州他就被关进了收容所。后来不知怎么跑出来了，终于到了新疆。

对甘肃人来说，如果日子过不下去了，男的有力气，跑新疆；女的好嫁人，跑陕西。

在新疆，他参加了新疆生产建设兵团，成了一名农垦兵。再后来，参加了两次支援巴基斯坦的国际行动。

在新疆生产建设兵团的历史上记录了两个事件，其中前一件是：

兵团在50年代就曾以优良籽种和种畜支援关内一些省区，三年灾荒时期，"收容安置了21万从关内各省、区自流来新疆求工就食的人员"，在全国影响很大。

我的二爷，就是这其中的一员。

至于后一件援巴（指巴基斯坦）的事，是这样记录的：

在"万山之祖"的喀喇昆仑山，从"世界屋脊"帕米尔高原的红其拉甫口岸往西，是古丝绸之路西道。沿途是壁立千仞的冰峰雪岭，悬崖峭壁的高山峡谷。1966年至1978年，中国援助巴基斯坦修建喀喇昆仑公路，1万多名中巴两国筑路人员（新疆生产建设兵团派出4184人），修建了这条长达1200多公里（其中巴基斯坦境内616公里）的"当代丝绸之路"。为了这条友谊的纽带，数百名中国建设者献出了宝贵的生命。

很幸运，先后两次出工，二爷没有死在施工中。

回来后，他成了一名兵团连长，尽管是种地的。但因了这两次援外经历，他已经不是普通的农垦兵了。

此时,他已经到了婚龄。不止是他,更多战功卓著的男人也都过了婚龄。

据《文史参考》报道,一位曾参加过抗战并立过战功的新疆生产建设兵团的赵营长,因为找不到对象精神有了问题,整天提着驳壳枪到处比划,最后只好把他关起来,不久他就上吊自杀了。

大家都熟知"八千湘女上天山"的故事吧,背景便是兵团战士的婚姻问题。王震带兵入疆后,部队并没有解散,而是就地转业为农垦兵。就地转业并不是分散掉,而是继续保持兵团建制,成立自治区中的特区。也就是说,新疆实际上有两套省级行政机构,一套是新疆维吾尔族自治区,一套是新疆生产建设兵团。

这个做法,湖南人王震一百年前的同乡曾国藩也干过。1864年,曾国藩镇压了太平天国后,"湘勇"就地转业,把持了地方政权。如浙江省就被湘军把持几十年,直到在处理一起外国传教士事件时惹出外交纠纷,这才退出。

这种"特区"的现象曾不止在新疆存在,海南也有过。像新疆非常大的城市石河子,就完全是农垦兵团一手建起来的。话说20世纪80年代,曾有过"废兵团"的提议,但被王震否决,遂至今日。

继续说"八千湘女上天山"。被毛泽东称为王胡子的王震带的部队就地转业后,虽然也有与当地少数民族女子通婚的例子,但如此庞大的一支部队,女性资源想必严重供不应求。

王胡子说:"没有老婆安不了心,没有儿子扎不了根。"便向党中央毛主席要女人,中央便决定允许新疆军区从内地招收未婚女青年参军,解决大龄官兵的婚姻问题。

王胡子还给当时湖南省委负责人黄克诚、王首道写信求助:"招一批女青年,最低年龄十八岁,初、高中文化程度,未婚,有过婚史但是已经离婚离异的也行。家庭出身不管,把她们招来新疆,纺纱织布,繁衍人口。"

此后,王胡子在一次会议上对士兵说:"很快给你们运来湖南'辣子'、山东'大葱'、上海'鸭子'。"于是,先从上海调了一批被禁止从业且未染病的健康妓女过去,解决了一部分问题。

阳坡泉下——面对大西北的乡愁

接着，山东等地在战争中成为寡妇的妇女又成了第二批。陈毅曾经说过，淮海战争是人民用小推车推出来的。那些支前的男人们，死亡率非常高，以致战后的山东寡妇成批。

第三批，才是有名的"八千湘女上天山"。王震的老家湖南，组织了一批十六岁以上的女青年，以从军支援边疆的名义送到新疆。

但她们并不知道自己的真正使命并非建设边疆，而是生儿育女。长沙的大街小巷贴出了新疆军区招聘团的广告，招聘团还大量印发了《新疆鸟瞰》，把新疆描绘得如诗如画、令人神往。《新湖南报》也登出了招兵启事：条件是十六岁到二十五岁，高中以上文化程度的未婚女性。参军进疆后，可分别入俄文学校和其他各类学校学习，或进工厂做纺织女工，或到农场开拖拉机，或进部队文工团……只是没有提"婚配"和"生儿育女"之类的话。

当这批姑娘乘坐大卡车历经千辛万苦到达新疆时，距出发已经过去了五个月。这个时间，几乎就是他们的湖南同乡左宗棠在1876年平定新疆准噶尔叛乱时所用的时间。不知道她们从兰州出发后，沿途看到直通新疆的左公柳，会是何等感想？

并非所有男兵都能领一个老婆回家，迫于"僧多粥少"的现实，只能按职务、年龄、参加革命的时间一批一批地解决。时不时便有领导会给湘女介绍对象："二十八岁以上，五年以上党龄，团级干部，怎么样？你要不要？"于是，"二八五团"的说法逐渐流行。

一心想着当几年兵然后回家的女兵，哪想到事实会是这样，她们最害怕听到那个"谈"字。只要一听说哪个首长要找谈话，就知道是什么意思了，"天不怕，地不怕，就怕首长找谈话"。到了部队，组织代替了父母，婚姻一旦被组织决定，也就只有遵从认命了。当年兵团六师十六团政治处工作总结中说，女兵们"普遍怕与年纪大的干部结婚，怕不顺个人意。由组织上决定，不按婚姻法办事"。

当时有一首打油诗，反映了这些湘女们的命运——"婚姻法，婚姻法，男四十，女十八，跑到新疆找爸爸，配的是夫不是爸，生儿育女把根扎"。

这个事在我们村里的说法是："兵团找不到女人，毛主席专门招女工给他们配老婆。"

二爷在这种大背景下，才娶到了媳妇。

当时，湖北老河口市一位父母双亡被养父母养大的姑娘，决定响应号召支援边疆。等她的养父母知晓时，她已经是一名女兵了。就这样，她来到新疆生产建设兵团，接着便是认识了我二爷，被二爷领回家做了媳妇。

20世纪80年代，因为过于思念家乡，二奶奶带着二爷回到了湖北老家定居。此是后话。

大概1973年左右吧，那时我父母已经结婚，二爷回过老家，还给我母亲买了五个发卡。

1980年，二爷又回过一次老家过春节。四岁的我在院子里学"载旦"跳舞，二爷在炕上通过窗子看到了，便叫其他人赶来看："看，跳上了，跳上了！"听到别人看，我羞得满脸通红，撒腿就跑。

这次，二爷在祖屋房梁上掏出了一包银元，原来是曾祖父留给他娶媳妇用的。他现在用不着了，看我家已经和爷爷家分家，便分作两份都交给爷爷保管。再后来，我二叔结婚时，爷爷私下将这批银元低价卖掉了。

二奶奶长得很漂亮，生的姑姑都很漂亮。其中最小的一个，据说是那个城市数一数二的大美女。就这样一个美女，却因为太过挑剔，至今四十多岁还未嫁人。二叔经常能听到这个堂妹的"夜半歌声"，很是凄凉。

阳坡泉下——面对大西北的乡愁

两只碗分家

"文革"期间,父亲尽管与当官的多有顶撞,但毕竟我家祖上从来都是贫农——成分好,谁能奈何?!

父亲经常与别人在一起干活时不出力,领导没办法,便把他一个人单独出来,划一块地给他割麦子,算是指派了任务。

但直到中午时分,人们发现他的那块地还是没动静。跑过去一看,原来他睡在地里,一边睡一边抓着麦秆摇,远处的看见麦子在动,以为他肯定在干活,谁知竟是如此作弊。

别人也许真奈何不得,但爷爷奈何得。他觉得父亲这个样子挣不到工分,连累了家里其他人,思谋着把父亲和母亲赶出来。当然,也许爷爷的理由是各自逃命吧,聚在一起都是个死,能逃出一个是一个。

最后,是一碗面、两只碗就分了家。因为小两口没地方住,就把爷爷家西边厢房的前门堵死,后面开了个门,暂住。后来我母亲说,如果我早生几个月,至少能多分一只碗。

我长大后,我们还住这个房子,堵掉的前门印痕明显。这后门出来,就是一处菜园子,相邻不远处就是另一户邻居陈家。菜园子地势比较高,从后门出来就像从地下室出来,要上台阶。

1976年,也就是我出生那年,正好重新分生产队。因为爷爷想去另一个生产队当队长,而父亲不愿意去那个队,所以就正式分开留在现在这个自然村了。

爷爷之所以如此,一是因为他去那个生产队可以当队长,另一个原因是那里的地虽然交通不便但土壤肥沃,而父亲认为交通方便更重要。历史地看，爷爷犯了与我们祖上迁到本村同样的错。

彻底分家了，那就得有个家不是，不能暂住了。我父亲看上了这个菜园子，想就近打成庄院，但村支书不同意。

当然，这块地当时已经不是菜园子了。"右派分子"奉命在崖上挖了口窑洞，养着生产队的牲口，院子里放农具。

这个窑洞后来变成了我家的牲口圈，我经常在这里铡草干活。窑里还有一口窨，放着土豆，冬天不会冻坏。后来怕我们几个抢吃，母亲会把苹果等好吃的放在里面。有次妹妹自己跑下去偷吃苹果，结果被老鼠在里面追赶，吓得声音都变了。此为后话。

村支书不让我父亲建，村里人见这户人家连个住处都没有，看不过去了。经过偷偷商量，终于在一个夜里，大家挑水的挑水，和泥的和泥，等早上起来时，一座"箍窑儿"已经盖得差不多了。村支书一看，木已成舟，也就没法子了。

这种房子不需要椽子，就像古代用砖做的穹顶那样，屋顶是土坯一层层垒起来的，因为是平地里起的泥窑，便叫"箍窑儿"。我小时候，这窑还在，上面抹了一层水泥，一直坚持到我读初中才正式修了房子，但那个新修的房子仍旧叫"箍窑儿"。在本村，这样的房子也只有这一处。

弟弟说，以前那时候，大家都是相互帮忙的，不像现在生活都好了，人之间的感情反而淡了。就说我们家后来修厨房没木料，也是大家帮忙去外村山里偷的。我记得，一晚上偷回来的木料都是刚剥了皮的，湿漉漉的。

但那时与父亲关系最好的几个村民，也都是村里最穷的。这几个人，经常一起给别人打土坯挣钱，属于村里特能出力气的几个人。

后来，父亲开磨坊，条件好些了，我几乎不愁零花钱了。父亲也劝过某个朋友做点生意，但人家觉得出力气赚钱最踏实。后来，大家的路也就越走越远了。

这几年，我父母在三个孩子工作的地方轮流小住。其中一个朋友，一直等到父亲年前回家看了一眼才走（去世）。

至于那个村支书，在"文革"结束后就下台了，接替他职务的是他的亲家。但他的余威仍在，他只要喊一声，村里无人敢接茬。

第四章

后三十年村社

村社,是我们赖以存在的根基。无论是大槐树、青杠树,还是圆树,抑或是门前那棵榆树,还是屋后崖顶那棵柳树,它们的存在要么指示我们回家的方向,要么准备作棺材板陪伴我们一起在地下腐烂。

在历史或断或续的脉络中,村社的重建是一个转折。它肇始于1976年这个偶然的年份,人们开始寻找走丢的灵魂,就像村里的阴阳先生那样,披荆斩棘,重拾美好,偶有豺狼虎豹,仍然不改初心。

但是,我们找回的村社,还是以前那个泉水淙淙的泉下吗?

当我们以为回到村里的时候,其实我们已经走入了另外一个村庄。用母亲的话说,这也是命。

第四章　后三十年村社

死生1976年

　　我的1976年，与"文革"绝无关系，只与我的出生和一场连绵的雨、一连串的地震有关。

　　用母亲的话说，感觉就是老天爷破了个洞，雨水无日无夜地往下漏，加上地震，就感觉是天要塌下来了。

　　这年唐山大地震，官方宣布24万人死亡，那是一次全国性的地震。在我读小学的时候，貌似还有一篇周总理在邢台视察震情的课文。

　　除了唐山大地震的死难者，这一年，号称"万寿无疆"的人也死了，全中国都在哭。

　　连日的大雨和地震，终于把人们从狂热中惊醒过来：原来"万寿无疆"的人也会死。迷信一旦被揭穿，带来的就是一连串的怀疑，虽然人们仍在号啕大哭。

　　人们普遍的担心是：毛主席他老人家死了，那"毛主席"谁来当？周总理死了，那"周总理"谁来当？

　　但是，对我父母来说，那一年他们最大的事是他们的长子即我的出生。尽管现状如此不堪，但总算有了希望。

　　如果说是希望，恐怕谁也不敢承认。人们在该悲伤的时候悲伤，在该大哭时大哭，在表示粉碎"四人帮"的喜悦时欢欣鼓舞。人民需要精神导师，需要"万寿无疆"的奇迹。于是，当有人说毛主席死了的时候，唬得我舅舅马上用手蒙住了他的嘴。

　　不管人们的内心在想什么，至少从表面上看，这一年整个国家的人民处于一种无助的恐惧当中。暴雨加上地震，有人附会说，这是上天表达对

阳坡泉下——面对大西北的乡愁

隘口总有两棵树,似乎是当地风俗。还乡人远远看见这两棵树,便知离家不远也。

将星陨落的伤痛。而我觉得,一个人的死招来天灾让平民罹难,显示的究竟是神迹还是恐惧呢?至于村里的书记,想到的是阶级敌人破坏还是官场站队呢?

生的人,生命照常孱弱,没得吃,几乎开不了灶。在一次余震发生时,我的父亲丢下我狂逃而去,我的母亲也跟在父亲身后而逃。

我从来都知道,我的父母是最有责任和最勤劳的中国人里的一份子,而我的母亲从来都被认为是方圆周边村里最辛苦的女人。

但在这次地震中,我的父母没有管我就跑了,我甚至怀疑父亲当时也只光顾了自己根本不顾母亲。

我想,在当时,生命确实是没有价值的。饿死的人那么多,活着也是受罪。

但1976年9月的这场地震,却没有把那个破屋震塌。

这一年出生的孩子属龙,我们村里总共有三个孩子。一个是我,另一个是我奶奶给我生了最小的一个叔叔。还有一个严格来说不算是我们村的,是我们村一个小伙子入赘到县城里一户人家生了个孩子。

属相是很有讲究的。那时候生病无钱医治,经常请阴阳先生来作法,或者说孩子夜里心悸便是魂丢了,要设法把丢了的魂叫回来。叫魂的时候,得有一个与病人的属相相生的人一边做招揽动作,一边重复大声念叨:"XX快回来,吃馍喝汤了,再不害怕了。"因为属龙的少,我便成了珍稀动物,每有类似叫魂法事,总要让我出场。

至于叫魂的咒语中含有"吃馍喝汤"语，只怕是饥荒年代的遗存。人们相信，在"吃馍喝汤"的诱惑面前，连鬼魂都会动心的。

  在中国的大历史上，1976年是一个时代的分水岭。但对本村来说，1958年才是分水岭，那是社会主义从天堂变成地狱的年份。而1976年，仅是一个地震加暴雨的年份，有人死了哭一场也就结束了。

| 阳坡泉下 ——面对大西北的乡愁

娘肚里骗领布证

说出来吓死人也不敢相信,我的第一张布证竟是在娘胎里领取的。

前几天和同事们吃饭,说起孩子的衣服来。一领导说,洋人都把小孩的衣服收集一两件,等他结婚那天拿出来,特别有意义。

于是同事们纷纷诉说自己的小孩衣服如何送了别人,拿了别人家小孩衣服的,则要趁机敲诈一下。

领导问:"小朱小时候的衣服还在不在?"

"我光屁股长大的……"我很不好意思地回答。

于是,一片沉默。

我的衣服,确切地说,是被我父亲抢走了。

"继承我曾祖父七分裤的遗韵",这当然是买不起布的另一种说辞。——其实,我的父亲也是没裤子出门了。怎么办?没有布证是断然买不到布的。于是,妈妈打起了还在肚子里的我的主意,让父亲跑去给队长说:"我家生了个小孩,要买布做小衣服了。"

队长虽然疑惑是不是真的生了,但是反正迟早要给的,于是也假装相信就给了。村里人当然知道我还没有生下来,但并没向公社戳穿这件事。

母亲"骗"来了布证,又从我大姨那儿借了些钱来(我姨父当时在一家国营厂当差,算是吃皇粮的公家人,家境自然要比全家泥腿子的我家好得多),托人买了二尺布(不是三尺)。于是,父亲有裤子穿了,我一生下来就光着屁股。

其实,那时候家家如此,记忆当中我的小伙伴都是光屁股的。

三天后,我便来到了人间,却并没有给家里带来惊喜,甚至可以说可能还是一个不大受欢迎的家伙，因为我不但会闹而且会吃。会吃，这恐怕是我的父母亲在当时最难接受的条件。当时，不像现在把一个人叫"一个人"，而是叫"一口人"。

我刚三岁的时候，我弟弟也来到了人世间，但弟弟没有领到布证。我上小学时，有一天奶奶笑眯眯地告诉我"你有妹妹了"，当时我并不晓得"妹妹"是什么意思，跑回家一看母亲正抱着一个陌生的婴孩，于是上前就打，唬得父亲将我提起来扔出了门外。当然，我妹妹也没有领布证。

到了我上大学的那一年，母亲给我打点行装时，突然拿出张布证说，这东西恐怕派不上用场了。我一看是张一尺布的布证，凭我的嗅觉，布证存了这么久，便断定是个"宝贝古董"了。一听是"宝贝"，母亲忙接过去看，她乐了："这是你的，应该还你了。"我一听就糊涂了："我怎么会有这东西？"

母亲说，这是为了以防万一，特地从我小时候三尺布的布证里省下来的，并告诉了我那个儿时的故事。我一听也乐了：我老实巴交的母亲什么时候也学会"贪污"了？

我上大学那会儿，还要转粮油关系，也就是从自生自灭的农民变成了由国家保证粮食供应的城里人。直到大学毕业后，父亲才拿出一堆粮票给我，说看来真用不上了。

当年，吃尽了文盲苦头的父亲，决定一定将我这个儿子送上吃公家粮的道路。他所做的第一个准备，就是筹集粮票，最好是全国通用粮票，这样一旦我考到外省学校，这些粮票也能用上。

这些粮票中的甘肃省内粮票基本上是父母省吃俭用省下来的，其他全国通用粮票基本上是父亲从他表弟那里换来的。他表弟是一个医生的儿子，当时家境宽裕，有用不完的粮票，就拿来卖给父亲。

粮票中，有一张1966年由中华人民共和国粮食部发行的面值5市斤（1市斤＝1斤）的全国通用粮票，这张票值最大，也最旧。其他的是：

面值3市斤的17张，17×3=51市斤，一张于1965年发行，其余16张于1966年发行，均为中华人民共和国粮食部发行的全国通用粮票。

面值1市斤的7张，7×1=7市斤，均发行于1974年，为甘肃省粮食局发行的甘肃省粮票。

阳坡泉下——面对大西北的乡愁

面值5市两（1市两=1两）的5张，0.5×5=2.5市斤，均发行于1974年，为甘肃省粮食局发行的甘肃省粮票。

1995年，我考上了兰州大学，父亲拿着粮票去乡政府的粮站转粮油关系，结果没有要粮票，只是办了一张纸就可以了。

现在，父亲决定把这些珍藏了三十年的"宝贝"拿出来，交由我保管。

母亲讲了一个故事：在她小的时候，家里的墙壁上贴着光头像的一些钱，说是不能用的。当时，姥爷扛了粮食去卖，换回80元，结果钱刚刚到手，就有人说这些钱作废了。后来一问，果然如此，于是只好拿这些钱糊了墙。

我想，这些光头像的钱，应该是印着时任中华民国总统蒋介石头像的金元券吧。国军溃逃台湾后，这些纸，哪怕不成废纸，80元也兑不了几个新钱。老百姓的财富，一纸就可以作废。

"这些粮票现在糊墙都嫌小。"父亲说。

给1980年以后出生的同学补充一句：在凭票供应的毛泽东时代，如果没有供应票据，哪怕有钱你也买不到东西，这些票据就是购买资格！

其时，票证的价值，更在纸币之上。布证可以换成钱，而有钱却不一定能买到布。母亲以她顽强的积攒功夫，在20世纪80年代初积攒了很多布证。直到我上学的1985年那阵，母亲还在收集布证。

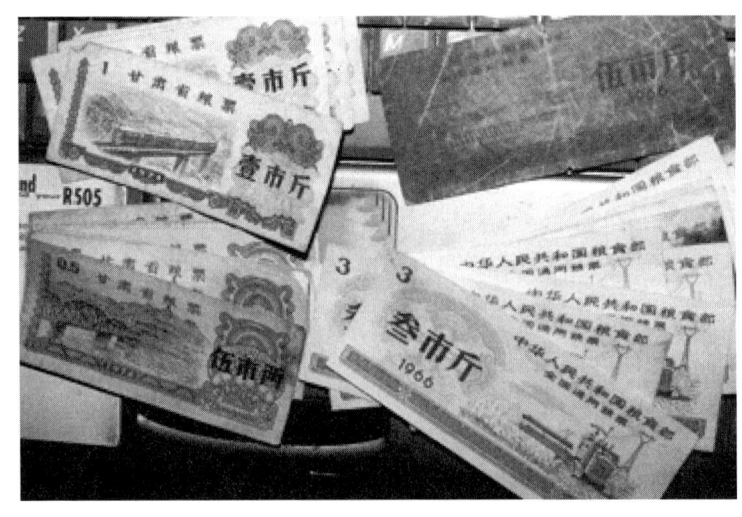

父亲给我准备的各种粮票。

二叔的进城之路

二叔不是农民工,他是20世纪80年代农民进城的国企工人,现在则是民营企业的打工者。

我二叔读到初中,但没读完就被已经迁到二奶奶湖北老家的二爷带去,在一家纺织厂做了工人。

老家有定娃娃亲的习俗,二叔也不例外。当时但凡进了城的,乡下的亲事自然就黄了,但出于面子,都会闹一下。

二叔退了老家的姑娘,那姑娘和她父亲来打过我爷爷一次,但被我父亲击退。印象中,是二叔写了封信来,说与那姑娘的婚约"一刀两断"。"一刀两断"这个词,就是从这里被我知道的,在其他地方一直没见有人用过。前不久看一位小姑娘的微博,讲她与男友分手"手起刀落片甲不留",才知道原来别人分手都不用"一刀两断"这个词来表达了。

当时,爷爷被他们拽到斜坡上,但不敢还手,是爸爸冲过去拽回来的。

在湖北那边的城里,据说有个当地的姑娘和他相好。但是二叔见二奶奶经常欺负二爷,心里想着迟早有一天自己也会被这样欺负,于是又想娶一个老家的姑娘。此外还有一个想法:万一城里混不下去了,老家的姑娘还可以带回老家,而城里的姑娘就不可能带回甘肃了。

于是,二叔又回老家讨媳妇。听说可以进城里工作,一个高中毕业的老家姑娘愿意跟他去湖北,就是我后来的二婶娘。

其实这个二叔在我小的时候,很是替我提升身份的一个道具。毕竟家里也有一个工人,在全是农民的同学里,这算是有点面子的。

当时小学学习写作文,我的算是比较好的。农村孩子首先要学会的

阳坡泉下 ——面对大西北的乡愁

应该是写信,因为村里很多人不识字,小学生经常要替人代笔,所以老师最先教学生的也就是写信。这时候,就显出家庭关系的重要性了。一些孩子,二十里外没有一个亲友,写信只能写给山头后面的亲戚。有一个同学,写一个人物作文的时候写"我的外甥魏志全",写信的时候写"亲爱的外甥魏志全",于是被同学引为笑谈。而我写信的时候,肯定是写给二叔的,因为他在长江边上,可以抓鱼吃,又是工人,回家的时候大家都很羡慕。所以,我的写信作文肯定是"敬爱的二叔"开头的。

二叔其实混得不好,尤其是纺织企业渐露衰相,他的家境也就一日不如一日。到了后来,他把三叔也带去住了一段时间,三叔看他日子也实在过不下去,加上纺织厂的工作甚至还不如在工地打工,所以就回来了。

据二叔后来说,他在工厂没活干的时候,偷过厂里的纱锭去卖,也在工地上扛过砖,还给人家送过氧气罐,当然也在菜市场捡过菜叶子……总之,不足为外人道也。

三年前,他的儿子(也就是我的堂弟)要高考了,学费凑不起来,二叔跑到了杭州。于是我给他介绍了一家绍兴的纺织企业让他去上班,结果当天老板不在,其他人没有安排食宿给他,他在宾馆里住了一晚就死活要回湖北。

我留不住,只好给父亲打电话让他做做工作。结果,二婶娘打电话给我说:"你二叔是个'孽障'(甘肃话,可怜、软弱的意思)人,就让他回来吧。"

那还能说什么呢,我又买票把他送回去。

不到两个月,夫妻俩又决定都出来打工,因为他们两个人每月工资只有600多元,还不够儿子一个月的花费。

于是,他们又到了杭州的一家公司打工。因为没有技术,四五十岁的人只能干二三十岁的年轻人才能干的粗活重活。二婶娘在湖北时干挡车工的活,空气环境不好,据说肺弄坏了,经常出毛病。现在,他们也只能勉强撑着。

二叔现在经常念叨,等儿子大学一毕业,他就回甘肃老家。我对他说,现在甘肃老家什么都没有,你连一处遮风的院子都没有,回去住谁谁家的猪圈吗?

前段时间，他听说承包公厕的卫生收入很稳定，一年也有两万多，比打工要强些。但考虑到面子问题，我拒绝去给他打这个招呼，当然我的回答是："每次我来看你的时候，到公厕里去看吗？"

二叔可能是真的老了，出外这么多年，他是太想老家了。最近一段时间，他老人家会不停地给各个亲戚打电话来没话找话，甚至突发奇想同村里的人家商量，能不能买个地块给他建个院子。

想家的可能不止他一个。另一个远房叔叔举家入城，把一只小猫落在老家了。前段时间，他上中学的小女儿回到老家，打开厨房抹去厚厚一层灰尘，一边哭一边找吃的东西喂猫。走的时候，她拜托邻居们能不能给她家的小猫一点东西吃，不要让小猫被饿死。

其实，这猫早已吃惯了百家饭。这一片的人家，看见这只猫就想起堂叔那一家人，都非常关心这只小猫。这猫也是乖巧，不管哪家吃肉，它总能闻到腥味，循味而至，而且总能被善待。

我家所在正是村子正中央，但因年久、拥挤、破败，不少人家搬离此地。但在以前，这个区域人声鼎沸，是村里的公共活动中心。大家都习惯了这种吃饭就聚在一起的日子，搬离了真的是不习惯。

远房叔叔家的小猫。

一位搬走的小婶子远远而来，是去挑水，母亲说："我一喊她肯定过来，一谝又是到饭时。"

果不其然，母亲一喊，小婶子一边说忙着挑水，一边脚步已往这边而来。大约两小时后，太阳已经快落到山后，有些人家的饭都熟了，这小婶子还在门外与母亲闲谝。

小婶子说，有次她从这边回家，走到半路，想起以前这边的热闹日子，突然满面泪水，连有人打招呼都没理。

如今，小时候的伙伴们都不在村里了，物是人非。他们的父亲，要么老去，要么年迈。

阳坡泉下——面对大西北的乡愁

我们这里，有姑娘回来省亲，母亲要目送到看不见为止。小姑姑来看我，翻过一道山沟，还有两道山沟。我送姑姑回家爬到铁门槛时，可以远远看见奶奶和父亲、三叔的小儿子还在通往打麦场的小道上看着我们。

想当年，我陪母亲从娘家回来，外婆和舅妈她们也是站在庄院门口，直到看着我们上了对面的山坡，再到山顶开始翻山看不见了，她们才回家去。

通往打麦场的小路，可以越过铁门槛直接看到小姑姑家。

坟茔里葬的

"坟茔里葬的事。"面对不能解释的事实,母亲总会来这么一句。

大舅是方圆有名的书生,一般人家坟前祭奠的祭文多半出自他手。母亲对于祖宗荫庇后人的迷信,到了言必称"坟茔"的程度。

印象中,大舅总是抓住后来自杀的那个二表哥不停地制作神主牌,用金粉或者银粉写字。二表哥后来说,虽然他们家是书香门第,竟然没有出过一个大学生,而他的两个姑姑家的孩子全部考上大学了,说明他家的坟茔是旺外戚的,气得他要去掘坟。

这当然是气话,且我们家并不认为这是托了他们家的福,分明是我们朱家自己的坟茔冒青烟了嘛。

泉下家族曾经有个很奇怪的现象,老大全部在家务农,几乎全部的老二都进城工作,或者至少在地方上"吃供应粮"。

这也是母亲的话语。当年,只有城镇居民凭粮簿由国家供应口粮,俗称"吃公家粮",而在农民那里叫"吃供应粮"。能吃到这种"阶级成分"的粮食,即意味着吃货的身份摆脱了最低等级的农民。

你不知道啊,当我1995年考上大学去乡政府粮站转粮油关系时,我母亲那种欣喜的神色,是一种饿了半辈子的人再也不用挨饿的表情。

现在想来,老二的发迹多半是遵循了一个兄弟关系的原因:老大多半偏老实,而老二多半偏调皮;老大多半要承担家务,而老二可以自由发挥。在那个"大饥荒"时各自逃难的年纪,调皮点的老二多半逃出家乡,反而进城成就了一些事情。

当逃难成功的他们站稳脚跟后,又往往把家里小一点的孩子也带出

阳坡泉下 ——面对大西北的乡愁

去，结果下一代又是老二进城，老大只好留在家里务农。

本地的继承关系与他处有点不同。一般地方，就像蜜蜂分家一样，小孩子分出去，老大留在父母身边养老。本地相反，一般都是随着孩子成家，大的一个一个分家出去，最后身边只留下了最幼的儿子。

但人们的解释与此不同，他们认为这一定是祖坟的原因。族里老者甚至请了阴阳先生来观风水，也说是"坟茔旺老二，不利老大"。

说来也奇了，其实泉下家族繁衍已出五服的多，各家的坟茔也都不同，何以全部都是旺老二？

不会有人去深究这么深奥的东西，听阴阳先生的就是了。

父亲虽然学阴阳不成，知道这事骗局居多，但也不能不信。他请了阴阳先生来看曾祖父的坟，那先生说坟前对着前方龙腹脊梁，那山梁类一笔架，家里必出读书种子。

父亲对自己没有好好上过学念叨了一辈子，下一代无论如何也要出人头地。听了阴阳先生这话，自是喜不自胜。甚至怕耕地影响坟里的祖宗发挥作用，便将坟地周围的地全部种了树。又请阴阳先生来看，是否树梢有影响，闲来无事时便在那修修剪剪。

阴阳先生又说，这坟"利老二，不利老大"。原因是坟右乃是一环抱型的山湾，利老二；坟左乃是空旷大川，不能聚气，故老大依然没花头（能耐）。

对父亲来说，两个儿子手心手背都是肉，每一个都得成才。于是又请教阴阳先生得了一窍，就是在坟左多植高大树木，密至不透风，这样可以形成双臂环抱型，或许有用。

于是，坟左的树木就成了重点关注的对象，甚至还专门砌了一堵墙，以免灵气散失。

这事影响到我了。父亲还在想办法，兄弟们已经开始了争斗。大概在小学四五年级的时候，我不知从哪弄了一颗苹果拿去与弟弟交换。

与苹果交换的等价物是老二的身份。也就是说，弟弟要是吃了这苹果，他就是老大，而我是老二了。

我这个阴谋自然没法得逞，弟弟想都不想就识破了我的奸计。

最逍遥的是超生出来的妹妹，反正她最小，什么都得让着她。又是女孩，父亲觉得迟早是别人家的人，也不大管她，任由她读书读到中专便去嫁人。

有两个哥哥，妹妹的日子过得甚是快活，只是有一次下到窖里偷苹果吃，却被老鼠赶得满窖乱跑，哭声都变调了。

到现在也不明白，我家坟茔对于外嫁的女儿究竟是好是坏。但是舅舅家的坟茔真的是怪啊，不但我母亲两姐妹的孩子们都考上大中专学校，后来舅舅家两个表姐的孩子也都考上大学了。这么一想，二表哥的愤怒也不是没有道理。

除了坟茔，还得感谢本村的保护神七仙女。村里孩子若有不安爽，便要写一纸保状交与神灵保佑，每年还都得上香，直到成人才撤销保状。

这原理，类似于将性命信托于神灵保管，直到成人后才赎回。

又与他处不同的是，但凡本村出生的，不论你走到哪里，村里的神灵将伴随你的一生，求神保佑得求这个，惩罚你的可能也是本村的神，其他的都是外神。

长大后，我不大相信这个东西，母亲就很怕我说出什么大逆不道的话来惹恼了神灵。但凡我故意说什么冒犯的话，母亲必用污秽的语言来堵我的嘴，意即我的嘴是臭的，说了不算数。

小时候，我还跟着爷爷上过坟，白纸条塞满了土坟包，风一吹呼啦啦地响，而里面躺着的人感觉离我好远，应该是一个很古老很古老的人吧。

长大后，我才明白那里面埋的其实是与我很亲近的人，乃是爷爷的父亲母亲，而且还是一对饿死鬼。

对，这对祖宗饿死于1958年。

"1958年"，是母亲口中"饥饿"与"死亡"的代名词。

阳坡泉下——面对大西北的乡愁

起漫水

当赚钱超过阶级斗争，也超过种地的重要性后，办厂的冲动就成了一种折磨。

1987年，村里通了电。在西部农村，通电是进入现代社会的一个标志。对于我这样的武侠迷来说，再不用点着煤油灯看小说（那时候弄不到大部头的原著，也只能看连环画），如《西游记》《燕子李三》之类，天天都想着做侠客义士。

在通电工程进行的时候，村里请电工们吃羊肉，这是到那时为止我一辈子也没吃过的东西，闻着就膻，但电工们就是要吃这个。于是，村里干部买了羊杀了巴结他们。电工们给每户人家家里布线的时候，也是一定要拿烟酒招待的。

当时村里的文书是我一远方堂叔，天天念叨"国民党的税多，共产党的会多；国民党的税官，共产党的电工"。

电通了，于是有些头脑活络的人物开始有了想法，比如办家企业之类的。

在我的印象中，虽然1985年村里还有人家没有解决温饱问题，包括我家也是在这一年才解决的，但当时的农村一片欣欣向荣。大家都有种冲动，感觉要发财了，虽然爷爷认定农民的好日子已经到此为止，不可能再好了。

在此之前，除了爷爷和另外一个老头各开了家杂货铺，这是秦安县祖上传下来的谋生方式——货郎担，但正规的企业是没有的。有时候乡里的税官来收税，家里大门一关不承认有商店，那人也就无可奈何回去了。

第四章 后三十年村社

我一位当小学老师的堂叔、一位供销社代销点店主、一位村干部，几人准备合伙办一家砖瓦厂。

在他们的盘算中，由于农村开始了大规模的翻建庄院风潮，对砖瓦的需求当然大增。而在其时，村里只有一家土窑，各家把各自的砖瓦坯子做了放进去，再集资买薪来烧。在我的印象中，烧出来的东西基本都不怎么好用，而且好像也就有过这么一回，以后砖瓦全部是从外面买来的。

几个能人买了制砖机，还雇人在一个叫"墩"的地方拦了水坝。他们的打算是把山上的洪水引到这里，足够他们在雨季制砖之用。

但问题是，这个"墩"却有着村民的另一种记忆。

有关"墩"，当地流传着一个说法：周郝王在庆阳时，派人巡视天下，发现本村这里龙气旺盛有帝王之相，担心这里出帝王而取代了他的天下，于是派人把这山中间挖断。

挖山时，碗口粗的芦苇根被斩断流出鲜血——至今，虽然当地是黄土高原，但那块地方的土却是红的，据说是龙血染红的。

被斩断的芦苇根乃是龙的血管，这么一失血，这条潜龙还未现世就被拦腰斩断而死去。龙脉一断，"朕的江山自然稳固"。至今，当地一出戏里还有这么一句："周郝王，坐庆阳，龙脉斩断。"在我们小的时候，只要学戏的孩子基本上都要学这一出。

庆阳，在甘肃陇东地区，与陕北接壤。在20世纪40年代，这里是边区政权的一部分。而在两千多年前，这里邻近周原，也就是周王朝的发祥地。他们从这里出发，进而建立了强大的周王朝。对甘肃人来说，庆阳与周原，可能是一回事。

因为山脉中间被斩，龙脉断了，坏了风水，于是村人要补起来。但山后面对面坡上的李家寨子不干了——由于这山隘口的出现，令他们村能够通过这个山口直面葫芦河河谷，好运气于是通过山口到达他们村。如果这个隘口堵上，他们的运气就完了。

争执的结果，是在这隘口筑了一座"墩"。四方四正的一座土墩，有点类似于长城的烽火台，上面有一块青石，以作镇压之用。

但我小时候每次经过，母亲总说这是一顶瓜皮帽子，于是每到冬天就想着怎么能把那上面的瓜皮帽子拿下来戴上。直到自己有能力搭梯子上去

阳坡泉下 ——面对大西北的乡愁

"墩"是本村最重要的人造风水物。

的时候,才知道那是一块镇石,谁也不敢动的。

此时,虽然"文革"结束时间不算长,但敬神的各种"社"正在恢复。要在这个地方选址建坝,或者说其实已经建成了,但人们心里的说法是存在的:万一破了风水,那可怎么办?

更重要的是,村民得知了一个道理:这台变压器功率只有20安,如果砖瓦厂也用这台变压器的话,村里将无电可用。

于是,村民的抗议有了合法的理由。记得在施工那天,三位能人雇了人,准备把电线引到已经修好的水坝那边去,但遭遇村民的强力阻止。我中午放学去山上看热闹时,我那位当老师的叔叔和其他人席地坐在路边,一脸死灰。

其实,当天也没有人真正起来闹事,但村民都没有来出工抬电线杆干活,这便是用脚投票了。这种沉默的抗议,足以击垮几个主事者的意志。

砖瓦厂就此作罢,后来那制砖机也不知道零零碎碎卖给谁了。

此后,好像日子又开始不是那么好过了。化肥价格一涨再涨,到后来家家欠债,不要说办厂,连日常生活都成了问题。依我现在的看法,应该是农村重新破产——只不过尚不用饿肚子,而村里的年轻人唯一的出路,就是到外面的建筑工地打工。

这也许是我见过的最早的"群体性事件",如果用我们老家形象点的命名的话,叫作"起漫水"。

魏征的"水舟论",也许与这个同理。

第四章　后三十年村社

1991年"社教"印象

乡党委杨书记正在讲话:"此次社会主义教育运动,啊,这次运动不叫'运动'。"

于是他移开讲稿,自我解嘲说:"你看看,我这人老了,一说'社教',以前那一套又习惯性地跑出来了。"

因为邓小平在20世纪80年代初就说过,今后不搞运动了。书记还是书记,运动却不叫"运动"了。

会场上坐着我一位堂叔,他是本村的文书。

时为1991年。退休后的邓小平南方谈话(不是"讲话")还未开始,社会主义教育大张旗鼓地在全国开展。直到1992邓小平南方视察后,势头才有所减弱。

在此之前的两三年间,改革开放之初的热情已经消耗得差不多了,人们的叹息开始多了起来,直到1992年重启改革。不过,后来这轮改革本村似乎没有占到多少便宜,甚至是远不及20世纪80年代。

虽然因为来去匆匆,没有造成什么大的事件,但是就像乡党委书记不自觉地开展运动那样,老百姓的鼻子也很灵,不少人觉得:正如毛主席在"文化大革命"中所讲的那样,"文化大革命"七八年来一次,而此时距"文革"结束已经十几年了,按理说早该来了。

想到这里,小商贩已经开始藏匿东西,准备进"学习班"。而别的人,也在看发了小财的村民如何度过此次难关——养的鸡是不是资本主义尾巴要被割?我家使用拖拉机是不是走资本主义道路?大家都在等着刀片落下来。

阳坡泉下——面对大西北的乡愁

对读小学的我来说，这两年最大的改变是上学要戴红领巾了。在此之前，我校从无国旗，亦不唱国歌，更无红领巾。要知道，那时候的一、二、三年级不交学费，四、五年级才交5角钱，即使这样也还有很多人上不起学。而一条红领巾，要花多少钱呢？

记得有位同学因为家里买不起，不得不系了他妈妈的腰带，那是一条红色的纱巾。

母亲不知从哪弄了块红布，我也很神气地戴了出去，结果却发现颜色比有些孩子的暗，明显是因为旧布的原因，便有些不开心。

后来因此衍生出不少事情。比如有些人家买得起曲别针，便把红领巾别得很有型，而我们一系下来差不多就跟系在腰里差不多了。

学校教唱的歌曲也突然变了，以前都是些毛阿敏的《渴望》之类的流行歌曲，从此突然开始是毛泽东诗词谱曲的《人民解放军占领南京》之类。到我1992年读高中时，突然到处都是《红太阳》了。

还好，历史在这里猛拐了一个弯。除了大街小巷全是《东方红》之类，县广播电台响彻整个县城的大喇叭里一天广播的头、尾都是《潇洒走一回》。在这两年，我对歌曲的品位，算是全然被败坏了。

2014年正月，二十年前已经卸任村干部的堂叔，竟然翻出了一个小本子，上面记着这位杨姓书记的讲话，于是就有了本文开头的这个场景。本子上记着参加会议的人数，以及讲话的内容等。

对于这次"社教"，他没有太深的印象，因为来得凶去得快，印象最深的竟然是乡党委书记的口误。

说到口误，有个段子。我一位堂爷爷，在乡政府做广播员，人们经常用一个段子取笑他播报的天气预报："或晴或雨，或下或不下。"村里人每讲到这个事情，后面必跟着一串大笑，是一群人和声的那种笑声。

我的同龄人或者年纪比我大点的，均不记得这次不称为"运动"的运动。甚至这位堂叔，也是经我提醒翻了小本子才想起来的。

这位堂叔的父亲，我从来没有见过。因为在"文革"期间，他被打成了"韩南案件"的当事人，被人揪头发，后来逝世。给其他人平反的时候，官方只有一句话："要是他活着的话，公家还有一笔钱给他。"言外之意，死了也就一了百了。

　　这位堂叔，只当了几年村干部就辞职不干了。印象中，他对官方的一些做法颇有微词，这样的态度自然"做不好党的工作"。辞职，于他于党，都是好事。

阳坡泉下——面对大西北的乡愁

欢喜父母官

　　我们这个三县交界的村庄，认同是个大问题。小时候去秦安县的外婆家，我总是被舅妈喊作"朱家湾来的猪娃子"，这应该是很亲昵的称呼，可我听了就是不舒服。

　　反正，甘谷人在秦安人嘴里就是"子郎客"，因为甘谷方言与周边的秦方言都大为殊异。最常见的是"这"这个字，秦安县和通渭人都读"zhou"，甘谷人读"zi"；"人家"这个词，秦安县和通渭人都不大用，而甘谷人基本都用这个词开头，读作"郎"。

　　因了这两个词，甘谷人就成了秦安人嘴里的"子郎客"。以"客"观之，难道甘谷人真是移民不成？

　　我的小学在本村就读，口音接近通渭；初中在外婆家读，口音接近秦安，但被同学称作甘谷"子郎客"；高中在本县就读，又因口音被认作不是正宗的甘谷人。在秦安读初中的时候，和村里三个小伙伴一起借读，打架时竟然也能称雄。某次单挑，我们村里一个小伙伴，一点也不怵，直落对方两员大将。这家伙现在在河西走廊的酒泉市，娶的老婆就是当时的女同学。

　　在我们周边，我们村的人打架有名。在甘肃省内，甘谷又以结伴凶狠打架闻名。刚上大学时，武威来的一个小学老师送他儿子来报到，我和他儿子正好一个宿舍，那老师听说我是甘谷人，便把他一米七几个头的儿子托付给了我这个只有一米六几个头的孩子，只因为我是甘谷人。这个武威人，就是现在驻成都某军服役的老乔。

　　其实，我们这个村里叫"泉下"的朱氏家族，现在是周边家族中考上大学最多的,习武之风早已消散。我上次给老婆表演了一招姜家棍,她说这简直就是逃跑术,太花(花架子)了。我从小就是个文气的孩子,学习从来都第一,在这方面偶有兴趣,但真没什么造诣。当时学的一些皮毛也丢光了,记住的这一招也确实是因为太花了觉得好玩,所以记住了。

自离家入读高中以来,实际上就与故乡保持了相当的距离,故乡也只是记忆中的故乡了。但之后的三次冲突,还是令人印象深刻。

我第一次离家,是参加中考。因为下雨,去县城的车在泥路上打滑走不了,于是老师带着我们一早出发步行一天走到县城,午饭是凉水就馒头。到县城后集体入住一户人家,才发现我这个在外县读初中的学生根本没有列入考生名单——没有准考证。于是请人打电话到乡政府,再跑到我们村里找到我父亲,然后让他到秦安县的那个初中开了个证明,再骑自行车送到县城,这才办了个准考证。

父亲其实是扛着自行车到县城的,因为泥巴把自行车的挡泥板塞得严严实实,根本骑不动也推不动,只能是扛。就这样,我考上了省重点高中。

那时,我们村里到县城,要凌晨五点钟出发花两个小时走到乡里,然后搭七点多的车到县城,当日往返。没有电话,我跟家里的联络只能靠写信。结果高二暑假回家,我妹妹说:"乡里的邮政所,把邮票以高于面额的价格卖给小贩,小贩在邮所门口再加价出售,如果在别处买的邮票,这里就不接受邮件。至于邮所里面的柜台,卖冰棍不卖邮票了。"

这怎么气得过呢,开学后我以"邮所不卖邮票卖冰棍"为题给《甘肃日报》写了封信,刊登在《读者来信》版上,于是所长被免职当了邮递员,邮递员就回家种地去了。

我堂叔在乡中心小学当校长,那人找到他说:"被你侄子搞了。"我堂叔觉得很不好意思,说:"不可能啊,根本没见到人呀,肯定不是他做的。"

第二次冲突则比较复杂一些。我父亲骑摩托车去秦安县那边一个村里,结果在一个拐弯处被下坡的骑摩托车的撞倒伤着了,对方是一个刚毕业不久的中学老师。

阳坡泉下 ——面对大西北的乡愁

因为我在外面工作，加上邮政所那事，别人总觉得我们家最好不要惹到，所以我的父母其实是一直夹着尾巴做人，生怕别人说张狂什么的。秦腔《拾黄金》说得好："人狂没好事，狗狂来砖头。"

因了此，我父亲没怎么吭声，被远处看到的一个村民扶到乡下医生那里，包扎了骨折的一根指头，就回家了。

按乡下的规矩，对方应该主动上门来看望一下，这事也就"过身"了。结果左等右等不来，我爷爷忍不住了，以探望对方的名义跑去质问他们怎么回事，结果人家很是气哄哄地说："谁知道是谁撞的谁呀，要是不服你们去告好了。"

等父亲告诉我此事的时候，已经过去了一个多月，现场、人证什么的都不可能有了。苦思无法，只好先让父亲去秦安县司法鉴定所把伤势什么的鉴定了，然后再想办法。

与一位初中同学说起，他说他与这老师的姐夫是同学，那姐夫原来是乡镇干部，现在借调到县纪委了。他觉得这么小的事情，大家离得这么近，根本没必要闹。他出面跟对方说一下，大家和解了就"过身"了。

我也觉得这样最好，其实真是很小的事情，不过是面子上过不去而已。

那同学一说，人家更牛气了："你知道我们在地方上的关系，让他们去告吧！"

这下把同学也给惹火了，于是让我好好收拾下地方上不知天高地厚的这伙人。

时为五月份，思前想后，没有办法。于是写好一纸诉状，让我父亲在暑假结束前交到法院。我的意图很明确，对方要工作，而我父亲是闲人，只需开庭几次、上诉几次，对方就要被我折磨死。我不要赢官司，我需要开庭的过程。

六七月份时，乡间各种传言说，本来以为他们朱家多厉害的，看来撞了也就撞了。对方村里的一个乡镇干部，也是我表姐夫，开始忍不住了，他给我打电话说："如果真没有办法，找人打一顿也是个办法，总不能这样就算了。"

我道，少安勿躁。然后给县纪委写了封信，将那对方姐夫准备干预司法一事给书记讲了一番，要求书记管好自己的下属，勿要搅进这事。

开学后，果然开始开庭。法官也觉得此案难判，要求调解，我父亲无论如何不接受调解。第三次开庭时，法官给我直接打电话，劝说接受调解。我宽慰法官说："你就直接秉公判好了，不要有任何压力。我也知道，这案子我们没有证据，顶多是平摊费用，但费用又是乡下开的白条。所以，无论怎么判，我都不会有意见。我要的是，判完之后，我再去天水中院上诉。反正，我要的是过程而已。"

但法官还是不判，还是调解。大概第五次开庭时，那老师开始求饶了，说"老请假出庭，校长意见很大"云云。我父亲也觉得有点烦了，便准备接受调解。

给我打电话，我吃了一惊：这样就结束了？父亲说他烦了，反正对方准备出一个月工资的赔偿。我说，如果接受调解，就永远没有改变的机会了，你要想清楚，关键是"报仇了没有"？父亲道，报了报了，太烦了。于是，此案告结。

最后一次冲突，则是发生在乡领导身上。

5·12汶川地震，也波及到了我的家乡，于是便有一笔中央财政下拨的2万元灾后重建补助。但并非每户都有，而是由乡政府负责名额的分配，这中间就有了寻租的机会。于是，给领导送5000元，才能获得2万元补助。

有人可能会有疑问：上面为了防止下面抽钱，钱都是发到存折上的，并不经过下面的手。问题是，不答应给钱，人家不给你指标；一旦答应给人家的钱，敢不给吗？

也许是为了堵住我的嘴，乡长先是给了我们家一个名额，并要求我给他们几瓶好酒。父亲问了我的意见，我觉得我们家里也就两个老人有时住住，其实用不着，把这个机会让给别人吧。于是，这个名额就给了别人，但酒我也是买了几瓶给了人家，这毕竟是一番好意得感谢。

结果，那乡长又要给一个名额。我父亲觉得反正是个便宜，再说村里也没有真正震塌的房子，大家都是趁此机会翻修房子而已，于是要了这个名额。

岂料房子建成，这乡长说名额分完了。这意味着，凭空给我父亲造成

阳坡泉下 ——面对大西北的乡愁

了2万元的损失。

我让父亲找乡长,说这样会有后果的。人家就说,你这人真是搞笑,你能怎么着?整个县里都是抽几千到五千的,难道你把整个甘谷县的领导都给告倒?

这倒也是,就这么点辫子,能奈领导们何。后来一打听在县领导身边工作的同学,才知曾有人将此贪污弊案提到县政府的议事日程上,但舞弊面积如此之广,且有县领导牵扯其中,只能作罢。

我的办法也很简单:黑吃黑。我同样是不需要这2万元,我只需要"收拾"。你想想,上面的官员接到举报,肯定要到下面去查,查了肯定不会有正义,但走的时候领导会空着手走吗?我要的就是"出血"。

于是,几封信发给单位,但不包括纪检部门,因为一旦这些机构介入,后果不可控。我只需要让他"出血",但不需要把人弄进去,因为我的父母还要在当地生活,他们怕别人指责他们不顾情面。

未几,几拨人马查下来了。有人看见乡领导的嘴唇干裂,终于起不了床了。

我相信是被吓的。

我在乡政府工作的亲友被动员起来找我父亲说话,说愿意给这笔钱,我父亲当然不要;说愿意提着酒来赔礼道歉,同样不接受。

最后,趁着一个夜色,乡领导提着酒,瞒着其他人在村干部的陪同下到了家里,一定要求和解,并强行将补助款打进我家账户。我父亲见如此也就算了,但要求把我们几户人家被贪污的5000元补回来,对方一一照办。

此事便算告一段落。后来我在博客上偶尔提到此事,被远在新疆工作的一个邻村的小伙伴看到,便打印出来寄给乡长,逼乡长把他们家的5000元也拿了出来,亦如了愿。

此事本应到此结束,却不料又有人跳出来。

我们村某领导,当然参与了这种分赃,但他是我父亲的表弟,所以我尽量地避开他。在乡间就是这样,如果真的把一个人弄进监狱,那始作俑者是要被人骂死的。那么,我的父母亲也就没法在当地生活了,而他们明显不愿意跟随子女生活,宁愿在老家终老。

震后的院墙靠柱子支撑免于倒塌，母亲坐在门槛上做针线活。

但是，虽然我有意避开他，但他还是自己跳出来找事，先是不与父亲讲话，以示断交。

有一次，他在人前威胁我，说我当年入党时手续履行不完整，等等。

我听了有点想笑，这东西，不说也罢。

说这话的当场有两个人，其中一个是我原邻居，一个是与我家有点沾亲的。有人怕真的会伤害到我，赶快告诉了我父亲，父亲当然也很快转告我。

我说没有任何问题，随他好了。母亲也说，千万别把这事当回事，我们就装作不知道此事，不然的话，他一倒推就知道是谁告诉我们的了。

我自然是没有作任何反应，但不知怎么的，这话还是传出去了。那人当然直接怪罪的是告诉我们家的那两人，于是亲戚家的低保就被拿掉了。

他扬言说："传出去就是想害我。只要我在位一天，你就别想有好日子过。"

这下，亲戚被逼上了上访之路。

第五章

父老——献给我的父亲母亲

放在西北大山里,生命渺如微尘;放在人心里,父母恩重如山。

粒粒沙尘,如佛祖所说,就算再多,也如恒河沙数不胜数,那又如何?

不能如何,便讲述这粒粒沙尘发出的一道光亮。可能正是这不可思议的光亮,照亮了我们脚下的路。

万法归一,一切来自父母。养育之恩不能报万一,便如父母一样,更加珍爱自己的儿女。

人类,无论孝道还是人道,终归不可过于褊狭。

一言一行,一针一线,密密麻麻,严严实实,这便是父母。一字一句,并非报答,只是爱。

每个人的父母,都如恒河之沙。在看着他们老去的时候,赶紧抱紧她,记录她,爱她。

第五章　父老——献给我的父亲母亲

男人"大肚子"

父亲从来就不是一个干农活的主。这一点，村里人都知道，就比如那位说我"如果考不上大学该怎么办"的村民口中的我一样。

在我读初中以后，家里的农活自然就落在我和母亲两个人身上。因为我长得矮小，村民形容我扶犁的情景是：只看到牲口和犁，却看不到人。

一家五口人，二十多亩地，所有的农活就只有母亲一个人来干。她至少干了三个成年男性才能干完的活，几乎所有到我家的人，无不为这一点叹息。

饶是如此，二十多亩地，连两千斤粮食（小麦）都打不到。也就是说，每亩几十斤种子种下去，竟然打不到一百斤。

再往前一点时间，那是我还没出生的1974年，父母到新疆投奔在那里工作的二爷，两人在兵团地下室住了几个月，当了几天保姆，结果也没找到活干就回来了。他们的印象中，乌鲁木齐火车站候车室里全是大便。因为冷，很多人不愿意出门，直接蹲在候车室的角落里就方便了。

从新疆回来，父母就断了向外求生的念头，生了我们兄妹三个，务农为生。直到四十年后，他们才开始到杭州、海口、乌鲁木齐跟着孩子轮流小住，不识ABC、不会讲普通话的他们也学会了自己乘飞机。

"文革"结束后，父亲更加不愿意被束缚在土地上。他学过算命、木工，倒卖过牲口，仍然一事无成。我印象很深的是，那时自行车还很稀罕，他借了他姨父的车去县城，结果把脚踏板摔了一下掉了块漆。但旁人传说他从豹子坪的山上翻下去了，车毁人伤云云。于是，他连夜弄来油漆用毛刷子给脚踏板上漆。这情形，至今还历历在目。

阳坡泉下 —— 面对大西北的乡愁

他先是承包了生产队的榨油机，动力用的是原苏联的风冷式柴油机。那机器冷却很是麻烦，油箱吊在半空，发动起来声音非常可怕，而且每隔一段时间就要停机冷却。

很快，老式油坊又恢复了。人们说，老式油坊里的油才好吃，榨油机榨的不好，这个机会看来也不行。

他改行和另外两个人承包了生产队的磨面机，那是台老式的方锣的筛子型的机器，效率非常低。结果几个合伙人又闹不同意见，终于散伙。那机器便交给其中一个合伙人，也就是老支书的弟弟，去独自经营了。

突然大家都开始做生意，爷爷以前就走村串户卖小东西，父亲也弄了几包烟摆在门口，算是也做起了生意，当然不可能有任何起色。

父亲这时候是下了"歹心"：与另一个伙伴合伙开磨坊，那人有一台柴油机，但没有磨面机。父亲向姨父借了一笔钱，再去邻近的西坪乡信用社的一个信贷员那里贷了一笔款，一个人去县城买新式的圆锣刷子型的磨面机。

这个信贷员真是父亲的恩人。后来，他也觉得太担风险了——父亲是方圆有名的穷鬼，贷给他不是找抽吗？但他当时可能昏了头，竟然就给贷了。

第二年还贷期到了之后，他还没来催，我父亲已经来还款了。他很惊异哪来的钱，父亲说卖了牲口。他问那耕地怎么办，父亲答再说吧，反正人要讲信用的。

听闻此事，信贷员当场重新办理了贷款，表示他很放心父亲这样的客户。"现在最紧要的问题是，赶紧买头牲口，不要误了农时。"信贷员知道，没有牲口，一户农家一年的生计就算是废了。

记得父亲买磨面机回来的那个晚上，是一个有着很明亮的月亮的晚上，当我在睡梦中醒来时，父亲正盘腿坐在炕沿上喝茶，母亲点着油灯在一旁陪他说话。

后来他说，当天他在秦安县城买了机器，别人问他怎么弄走，他说架子车；又问人呢，就他一个。卖机器的觉得太不可思议了，但确实只有他一个人。

他一个人拖着架子车沿河川走到了祖先待过的朱家湾，然后开始爬

第五章　父老——献给我的父亲母亲

坡。要知道，那不是一处上坡，而是翻越一座又一座山。七八十里山路，他就这样一个人拖着架子车，硬是挣着命往前拖。

后来他常说一句话用来鼓励我们几个孩子："宁可挣死牛，不叫车翻过。"因为，车到半坡，要么进，要么一松劲就一切全毁，还不如待在平地不上坡。

在最陡的路段，他就停下来等路过的学生帮忙。小学生都很乐意帮助他，以至于后来他开拖拉机出去，如果碰到小学生拦车搭便车，他都会很乐意地停下来捎他们一程。

此事，我至今无法想象，一个人怎么能把那么重的一台机器从县城拉回来。我想，那夜的月亮，肯定照亮了他回家的路。

其实，贷款买机器这事，可能很多人不敢去想，但我父亲倾家荡产也敢。当然，也可能是因为他家贫如洗，本来也没什么可失去的。因了此事，他有了个外号"大肚子"，其实应该是"大胆子"。

父亲一生与机器打交道，既是营生也是他的最爱。沾了这行，他也算是上了轨道。这台磨面机是周边最好的，磨面粉又快又细，方圆十几里地的人都要来我家磨面，于是这机器昼夜轰鸣，父亲累了就直接在怒吼的柴油机边睡了，等换一家磨了才把他推醒操作机器。

来磨面的，这其中就有一位叫小泉的外村小孩，那时候只有一点印象，后来却在杭州相认，原来他也考上了大学在杭州工作了。而另一个姑娘，是我初中的女同学，后来说我当时水都不给她喝。实情是，大家排队磨面，真的照顾不过来，有些人就直接睡在我家炕上了。

后来，父亲还买了粉饲料的粉碎机。到1989年我上初中时，家里不仅盖起了房子搬离了窑洞，甚至我手头还有了零花钱，成为少数不愁钱的学生。

在我读书过程中，除了大学，钱一直不是问题。小学一到三年级免学费，四、五年级每学期5角，初中每学期5元，高中每学期15元。

1988年前后，我们村竟然要通电了，父亲当然马上把柴油机淘汰掉换成了电动机。

事先，根据潜规则，他给那些电工给足了好处——"电老虎"是谁也要巴结的。

阳坡泉下 ——面对大西北的乡愁

变压器安装好后,电工才告诉父亲,要从变压器开始接动力线到我家需要四根线,而照明用电只要两根。除了电线,电线杆上分线的横担也是长短不同的。但是,电线只够两根线,能够搭四根线的长横担也没有。如果要接动力线到我们家,只能是自己赶紧去买,电工答应负责安装。

这时已是中午,第二天便要安装,一般人看这情形算是认命了。这明显是有人在背后捣鼓。

但父亲是何等人物,他二话不说骑上自行车就走,在秦安县城买了货连夜往回赶,赶在早上电工开工前,所有的材料都齐备了。

后来才知道,原来老支书也要安装新式磨面机,他们的选址就在变压器下面。如果我父亲当天买不来材料,磨面生意就跟我家没什么关系了。

这算是又过了一关。因为父亲很懂得维护老客户,老支书家的磨坊一直没红起来,到后来就几乎关门歇业了。

好日子过了一段,通电的村庄开始多起来了,加上又有一种自动上料的磨面机出现了,我们家这种就显得有点落伍了。父亲想来想去,觉得这个行当竞争太激烈,不应该再守着。

他想买拖拉机跑运输。

当一台二手拖拉机出现在我家门前时,老支书指着我父亲说:"你这个坏尿,今天开拖拉机,明天还要开大车哩!"

父亲回敬说:"我还想开飞机呢!"

小时候,常有妇女对着全村叫骂,或者是因为鸡被偷了,或者是因为地里庄稼被谁家的牲口糟蹋了,也有知道是谁干的而故意指桑骂槐的。

父亲不会开车,请了个师傅教,但那师傅似乎不想让他很快学会,很多时候不让他上手。半月后,父亲决定辞了那师傅,自己直接开。结果这二手车太破,几乎天天大修,后来实在不行就换了台柴油机,这才稍好些。

父亲有时把土豆倒卖到县城里,回程的时候捎一车化肥回来卖掉,总有些差价。因为怕路上丢货,父亲经常把我带上押车,但经常是车刚一开动,我就在车厢里睡着了。有次爬坡时,父亲明显感觉掉了一袋化肥,但车在坡上不敢停,一直开到最上面平地时才停下,回头一看,果真有一袋化肥躺在路上。等他扛回来时,我还在睡着,他骂了一句:"简直是死

第五章 父老——献给我的父亲母亲

人！"

那时候，母亲和我们经常在家里等父亲回来。对面玖龙山山顶上有灯光亮一下，我们得辨别是天上的星星还是车灯，有时有遥远的拖拉机声响起，得辨别是不是父亲回来了。

通往我们村的公路，是在山梁的背面一侧，只有快到村头的时候，才绕到我们这一侧。此时拖拉机声突然非常清脆地响起，我们便确定是父亲回来了，于是母亲赶紧去厨房下面条。

如果发现车灯没亮，我就很兴冲冲地拿手电筒去接父亲。因为山梁上再暗也能看清一点路，而村里有树，加上地势低，就什么都看不到了。

但我每次给父亲打手电筒都惹事，要么迎面照他眼睛，使他什么都看不到；要么只照到车头前一两米，父亲会一把抢过手电筒："你照个屁，不照路，照车！"饶是如此，但能为父亲做事，我心里还是很开心。

回家后，父亲一边喝茶一边吃面，而我们几个孩子早就困得不行，虽然听父亲讲路上的见闻开始觉得新奇，但听不到一半就睡着了。

那时治安不好，听说路上有拿着水烟壶当手枪抢劫的，也有拿菜刀的。有一次，父亲用摇把（人力发动柴油机的工具）击退了一个试图抢车的家伙。

1991年，"社会主义思想教育运动"开始了，爷爷因为做小生意被叫到乡政府去办"学习班"，吓傻了的母亲说："看看吧，还是粮食来得踏实。"

1992年，我考上了省重点中学到县城上学。一进城，就听说深圳那边的企业来招电子工人，只要年轻女孩子。有人私下里说，不是刚刚说深圳的路走错了吗，现在政府又帮他们招人，还是年轻的女孩子，谁知道招去干什么？

但"社教"很快就结束了。高三那年，其他同学都准备高考了，落下我一人在研究怎么种蘑菇。思之无味，于是报了文科班，苦读一年，最后上了兰州大学中文系。

我们家的好日子似乎到头了。相比高中时期只要每年15元的学费，大学里要上千的学费，再加上弟弟和妹妹也读中学了，家里一下子变得非常紧张。而此时拖拉机也多起来了，三轮车更多，请父亲去拉货的人越来

阳坡泉下 —— 面对大西北的乡愁

越少。

父亲想不出更好的办法，只有自己去做生意——贩猪。

贩猪的季节往往是秋冬季，此时的猪肥了可以卖了。因为县城的猪市是早市，父亲凌晨一两点钟就得出门去把订好的猪收上来，然后赶在六点钟以前到县城卖掉。

有次我问为什么不提前一天把猪收集起来呢，母亲说前一天收起来要喂食，那么多猪怎么喂？

秋冬季节的凌晨已经非常冷了，机器发动不起来。当我们在家的时候，得借着一个小坡，五六个人一起用力推车，让跑起来的车带动柴油机发动起来。但在凌晨这个时候，只有妈妈一个人推。于是父亲只好先和母亲两个人一起推，等车跑起来，再跳上车去挂挡、把方向。

那些养猪户，为了卖更多的钱，往往临时给猪喂很多食物，以便称起来重一些，于是上路后满车猪粪。更糟糕的是，如果路上有雪打滑，母亲还得下车去推，一道坡上去，满头猪粪。

这其中苦楚，无以言表。每每想起此事，我都不禁潸然泪下。

这样的生活，一直持续到我大学毕业。我再也不能让父母承受这样的苦难了。

可是，母亲还是不断地去干活。问她，不是为了钱，实在是看着别人在忙，闲不住。

在一次给学校干活的时候，她把自己的半口牙齿全打下来了。

而在一次启动拖拉机的时候，父亲的一口牙齿也被打下来了。

他们身体很差，经年的劳苦和北方冬天的冷气坏了他们的关节：一到冬天，他们的关节就会失去知觉；夏天的时候，空气湿润，照样会诱发他们的关节炎。

第五章　父老——献给我的父亲母亲

突然老了

　　父母真的老了，好像这一切，就发生在一夜间。

　　那年春节前，好说歹说，把他们骗到了城里来。

　　一下火车，母亲紧紧跟在父亲身后，生怕跟丢了。想想以前，他们都是二十年的夫妻了，走路还是前后相隔一里地。哪怕去赶集，也绝不和父亲一道，父亲骑摩托车去，她和一群妇女走路去。如今老了，真的就是伴了。

　　父亲背了一个很沉的包，都是我喜欢吃的老家特产。

　　我发现父亲的背驼得厉害，以为是背东西的缘故，后来放下包也是一样。我说父亲的背好像驼了，而母亲说前几年就驼了，很厉害了，很无意的样子。

　　突然感觉很伤心，我已经三年没回家看望父母了。在我的印象中，父亲永远是三十多岁的样子，从来都是他干重活我干轻活，而且他从来都那么顶天立地。甚至我大学毕业后回家，也是他骑自行车把我驮回家的，而不是我驮他。

　　父母都穿着很新的皮鞋。母亲说，本来去年就要来看我的，结果我不方便就没来，鞋子也一直没穿，直到这次出来才穿上。我试了一下皮是硬的，说："磨脚了吧？"母亲说："没。"父亲不好意思地说："有点点。"

　　然后父亲开始数落母亲，如何地不让穿新衣服，如何地不在家里好好养身体而要到外面去干活，结果把一口牙齿都打掉了。

　　这次让父母出来，也是因为想他们了，而我自己又回不去。另外，几

阳坡泉下 —— 面对大西北的乡愁

个孩子都工作了，人人都说我父母应该出去看看，虽然他们以前在还没有我的时候去过新疆，但那毕竟是四十年前的事了。在这四十年里，他们没有出过天水范围几步，只有父亲走过一趟兰州。

这倒在其次，主要的是父母觉得再这样下去，显得我们兄弟很不孝道的样子。他们出来一圈，其实是为了我们，本来他们自己热炕上呆着，为什么要出来受这份罪呢？

到了杭州已经是五点多，已到了吃饭时间，只好请他们吃火锅。几个人花了七十多元钱吧，当然是最省的吃法了。

父母心疼得一路直叫，说自己做吧。于是到超市去买菜，几乎没有两元钱一斤以下的菜。父母说，这样把你们吃穷了，能不能让我们先回家去？

南方的冬天过于潮湿，虽然现在不算很冷，但父亲一看就是受不了了，他已经穿了四件毛衣，还戴着暖和的护膝。因为在老家冬天出车，他的腿得了关节炎，一到这样的天气，用火烤把衣服都烤脆了，但他的膝盖还是没有知觉。

一到晚上，母亲就开始为父亲的取暖问题张罗，我准备了电热毯和暖水袋，还是怕抵挡不了。虽然父亲说已经很暖和了，但我觉得他说的可能不是真的。不过，看得出来，他们很满足。照例，把我以前的被子也铺上了，感觉好多了。

母亲突然又提出一个问题。父亲在老家喝罐罐茶惯了，这里能不能喝茶，不然他一早没事干，也吃不下东西。

这可把我难住了。老家那种电炉子在这里从来没见过，而且我觉得用电炉子太危险。他虽然带了那种茶叶来，但是没有罐子和炉子，只能冲泡了。

我发现母亲现在一心关心的就是父亲，事事都维护着他，以前怎么没注意过呢。

他们很尊重我的生活习惯，一来就要洗澡，想想以前他们一辈子没洗过，第一次出门时险些因拒绝洗澡而与我冲突，这点让人很感动。作为五十多岁的老人，他们处处为子女着想，我知道他们很不情愿，而且那卫生间又那么狭小。

第五章 父老——献给我的父亲母亲

中午回家陪他们吃饭，和父亲出去买面粉，因为下了雨，只好买了一小袋来，感觉父亲真的老了。他一路在帮我算账，昨天一顿吃七十多，十顿就是七百多，可以买一千斤小麦，我和你妈可以吃一年。

我父亲是一个很大度的人，在很多时候又是一个脑袋很聪明的人。晚上和弟弟通话，却说在某件事上父亲上当了，平时做生意都是他蒙人的，这次被人蒙了，要么打官司吧。我说一两千元钱打什么官司，还不够跑的路费。弟弟说关键是父亲不服气，抓了一辈子鹰，被小鹰啄了眼。

父亲是一个很有意思的人，他的生意经也是稀奇古怪。在理论上总结了一下，觉得父亲是那种典型的利用信息不对称和非市场手续赚取利润的人。

比如说这次，他是贩卖电话的。其他人从电信局去买，一部装下来要一千来块，他去批发一起装，短线产品只有五六百，但他卖给人家的价格是七八百，这样他有得赚，人家也省钱。

但这次，也不知道为什么，他从别人手里买电话结果不仅价格高，而且被人先打了一千多的话费。等他把电话退掉之后，干脆连本也收不回来了。

父亲老大的不服，我和弟弟只好劝他算了。

很多年前，应该是我大二的时候，人家欠他的钱，那人替村书记看一个店面，于是父亲一怒之下把店里的东西给拿来抵押了，等人家拿钱来换。

但这东西是村书记的，不是那欠钱的家伙的。结果误了书记的生意，最后还是我出面去说算了，把东西还给人家，让书记也别闹了。那书记说看在我的面子上就算了。

其实书记和父亲是表兄弟。只不过两人都碍于面子，不好开口说话罢了，只好让我这个小辈去说。不过，因为我是所谓的大学生，所以人家当回事而已，也感觉有面子了，就算了。

后来父亲果然收敛了很多，其中部分原因是因为我家两个孩子都上了大学，在当地算是比较旺的门户了，怕人家说闲话茬儿，比如说"傲气啊"什么的。

父亲一向觉得自己很谦逊，但母亲还是一次次在电话里说："你爸

阳坡泉下 ——面对大西北的乡愁

爸现在狂得不成,成了乡绅了,人家有事都来请他主持公道,他还乐得不成。"

我听了很好笑,劝父亲,他就觉得很委屈:自己这么收敛还被说,那该怎么做人啊?

后来我回家过年是穿着军用棉袄的,这让村里人大吃一惊,他们猜过我应该穿着什么样的衣服,以及带着什么样的女友回家,但没料到我是穿棉袄回家的。

我都比在外面打工的年轻人踏实,这让母亲很高兴,但在母亲的嘴里,父亲比我还牛气。

第五章 父老——献给我的父亲母亲

家庭巡视员

我喜欢将自己的父母称为"巡视员"。因为在乡下的父母，经常应在外地工作的三个孩子的邀请，去我们工作的地方小住。当然，确实是受邀，从内心讲，他们更喜欢待在乡下老家过自己的田园生活。

一开始，他们当然也不想动，但禁不住我们的邀请，以及确实需要他们出来帮忙带带孩子，出来也就成了习惯。

我们兄妹三个毕业后，我在杭州工作，弟弟在海口，妹妹在乌鲁木齐。哪个孩子想父母了，便打电话请他们来住个把月。考虑到孩子们工作忙碌，父母一般也不拒绝。

时间久了，我开始偷懒：本来可以回老家的，想想拥挤的春运，想想乡下的茅厕，想想不能洗澡，于是童年的美好记忆就在现实面前碎了一地。

还好，父母很开通，从来没想过把孩子留在身边，导致生了三个孩子却没有一个在身边。他们也从不干预孩子的生活安排，放手让我们去做。一般乡下来的老人，可能会看不惯晚辈的"浪费"，我的父母也不例外。有次母亲偷偷捡了一双皮鞋，我发现后便把家里准备扔的皮鞋都挑出来给她看，母亲见家里要扔的比她捡来的还新，便不再捡了。

捡来的皮鞋脏，不要说城里长大的人会觉得，其实连我自己都觉得脏，要知道我小学三年级的时候还没解决温饱呢。家里打了两千斤麦子那年，母亲蹲在打麦场边放声大哭的场景，至今令我印象深刻。我平生最美味的食品，是初二那年代表学校去县城参加全国中学生数学、物理、化学大赛，几顿面片吃下来，都不愿回家了。

阳坡泉下 ——面对大西北的乡愁

我和父母的关系，很像朋友。父母有事，经常主动征求我的意见，这点很不像其他家庭的父子关系。正因如此，父母对孩子也没有那么强的控制欲。

六七年前，父母"巡视"最多的地方是杭州。但随着弟弟妹妹分别成家，"巡视"就变成了打工。他们先是去乌鲁木齐给妹妹带孩子，等孩子上了幼儿园，又去海口给弟弟带孩子。

在乌鲁木齐的时候，父亲实在闲不住要求去工作，于是妹妹给他找了份看大门的工作。两个月下来，父亲就撑不住了："我本来以为蹲办公室很舒服。两个月下来，这简直就是拴狗！被拴在办公室里，哪里也不能去！"父亲于是果断辞职。

其实，辞职前，他已经因为不尽责要被辞退了。

他是被一个甘谷人介绍进去的，厂里甘谷人多，他自然被视为甘谷人一伙的。某次有个老乡因故被辞退，此人趁大家还没上班去了车间，父亲也没管，出来时也没阻拦就让他走了。谁知此人竟把一桶汽油泼在快要出厂的蛋糕上，那批蛋糕便全毁了。

此事对甘谷人的印象打击太大，加上父亲这个负责安全的甘谷人也未尽责，他必须承担责任。

父亲后来说，他是看见了，但因为是同乡，不好意思去拦。

在三个城市中，父母最不愿意在杭州过年——乌鲁木齐有暖气，海口有大太阳，杭州只有湿冷。有年冬天到杭州，他们整天缩在家里不敢出门，开着空调和电褥子还是不行。我看父母这么可怜，便不再勉强，送他们去了海口。去年，我小家的事情有点转腾不开手，便请父母过来看了下，老人发表了指导性意见后继续去了海南。

倒是媳妇，可能比我更喜欢老家。去年夏天，我带着媳妇去了趟老家，怕媳妇待不惯，只安排上午到，午饭后便走。媳妇很喜欢这里干净的风光，非要住一晚大炕，后来好说歹说才把媳妇弄回城，没能住一夜反倒成了媳妇一路的抱怨。

其实，我最担心的是茅厕问题。后来提起此事，媳妇说，反正西北大地人烟稀少，蹲在西北大风里十几里之内看不到人影，担心个甚。

其实，人是最容易适应的。一起同行的两个姑娘，一开始我用被单在路边给媳妇围了个简便茅厕,自驾过西藏的她自然蹲下去了,其他两个硬是憋着不干。结果到回程的时候,已经进入陕西地界了,人烟如此繁复,她们竟然直接下车蹲在路边一拉裤子就开始。我不禁连连惊叫:"这里不是西北广袤区了,是中原了!"

我当然希望与父母在一起过年,但实际上这些年来父母多半都在弟弟或者妹妹家过,或者单独在老家过。因为爷爷奶奶都还健在,父母还要孝敬他们的父母呢。还好,父母兄弟多,并不一定非要我的父母陪在身边。

这种朋友般的家人关系,令我没有压力。但随着老人年纪渐长,一旦哪天飞不动了,那时我的为难可能才开始。

阳坡泉下——面对大西北的乡愁

父亲上县里去开会

2007年7月20日，父亲被县移动公司请去开会。有人问爷爷："你大儿上哪儿去了？"爷爷回答说："上县里开会去了。"

爷爷的回答引发哄堂大笑："你儿子是什么人，县里能发现他是个什么人物？"

父亲后来告诉我，他住的是县里最豪华的酒店"三华园"，吃的是高档东西，还送了一套餐具作礼品。

但口说无凭。几天之后，移动公司寄了一张合影来，村民看了合影，方才相信父亲的确是被请去开会了。

母亲对这起事件颇为不愤："你爸爸去县里开会，这有什么好吹牛的。"

我在合影上找了几遍，竟然没找到父亲的头像。后来问父亲，他才指给我看。

原来他坐在第一排左边第一个位子，而我一直在后两排站着的人里找他——关键是我虽然相信他会被请去开会，却没想到他会坐在前排。

妹妹嫁到河西的时候，父亲特意带上奶奶去参加婚礼。因为我请父母坐了飞机，所以父亲一定要请他的母亲坐一回火车——"我也要尽孝，你爷爷以前去湖北的时候坐过火车，就不请他去了"。

妹妹给他们安排了酒店住宿，两个姑姑在母亲的带领下洗了平生第一个澡。据父亲说，小姑姑一开始扭扭捏捏不去洗，后来妈妈死活做工作把她拖到淋浴间，一洗就知道真的是美，最后洗得都不想出来了。

父母很能理解姑姑的心情，因为他们在杭州和海口的时候，每天被

第五章　父老——献给我的父亲母亲

两个儿子逼着洗澡才能睡觉。后来父亲果然爱上了洗澡，回到老家后，每过个把月，他就要骑摩托车去县城泡一回澡堂。我们笑话路上的灰尘那么厚，洗了也白洗，他便要讲一番那与不洗全然不同的道理。

但奶奶终究是老人，没有洗——她的儿子和媳妇也不好过于逼她，老人家错过了这个洗澡的机会。

有人说西部人平生只洗三次澡，但据我所知，可能连一次都不能保证。这边的孩子生下来并不洗澡，只是擦澡。此生，连结婚都不洗澡，死了之后，尸体好像就更不用洗了吧。

说起爸爸被请去开会，事情是这样的。有段时间，我们村头装了一部电话，于是在外面的孩子们打电话回来，都要麻烦人家到村里去喊接电话。多了也没法，只好每次按通话时长收费。收费也无妨，关键是有一次我打电话人家不愿意喊，于是父亲一恼，就去另外一户安装了电话的人家那里给移过来了。

本来搞得神神秘秘的好像还要走后门才安装的样子，他一打听，才知道原来移动公司也在大力拓展农村业务。于是，他干脆成了移动公司的代办员，走村串户帮人安装电话，反倒成了他的一桩生意。年底时，他竟然成了全县业务量最好的代办员之一，然后被请去坐在前排合影。

这张合影，至今立在我老家桌子上最显眼的位置。

父亲有与生俱来的商业天分，而且商机只在别人前面，别人追上来的生意他马上放弃，不管是开磨坊、开拖拉机、贩猪，还是代办电话。

两年时间不到，他发现移动公司的这种固定电话不好，在外面打工的年轻人都用上手机了。在那年来杭州时，他一定要我带他去通信市场看看，于是我成了他在杭州的采购员。每隔一段时间，就要买一批手机发过去让他卖。

最苦恼的是，我选中新流行的机子，总是不合他的意。比如他要大屏幕、大声音、五颜六色的机子，可是这种机子哪里有啊。加上这种机型更新很快，他说某个款卖得好的时候，这个款已经停产了。

到后来，农村市场也几乎饱和了，我才解脱了这份采购的苦差。

后来他去乌鲁木齐，妹妹帮他买了个按摩带，他试了一下很好，马上

阳坡泉下 ——面对大西北的乡愁

批发了一批卖给了他的老乡。

想起初中时,看父亲每日算账,我便很清高地寒碜他说:"你都钻到钱眼里了!"

父亲脸也不转地正告我:"我不赚钱,你吃屁呀!"

第五章　父老——献给我的父亲母亲

充乡绅

　　毫无疑问，我父亲是个有点孩子气的男人。这点，我真和他很像。

　　那天下班高峰期我正在开车，他打电话来，以为是有什么急事，停车回拨过去，却是说收到一条短信，言将钱打到农行的某某账号上，姓名是刘某某，不是我。

　　"这肯定是个骗子。"他说。

　　我有点哭笑不得，既然知道是骗子了，还干吗要问我？

　　但我不得不配合他。我给他讲，这肯定是福建泉州市下辖的安溪县的骗子，他们冒充某某说把钱打到哪个账上，甚至如果他知道我的姓名，还会直接以我的名义给你发短信要钱。

　　"反正，只要不是我本人用我自己的手机给你打电话，而且是把钱打到我自己的账号上，你一律不要管就是了。"

　　父亲当然很明白。其实他找我呢，一是核实自己的判断是否正确，二是讨个权威说法，以便向其他村民解释。这既是他的显摆，也是他的责任。

　　因为他是移动公司的农村代办户，别人手机坏了，要他看；卡被锁了，要他解。但凡与手机有关的事务，都得他出面解决，甚至包括给移动公司打服务电话查余额也是由他代劳。

　　作为村里能够判断是非的人之一，他当然不能表现出任何不懂的地方。于是，我总得充当他的资料库和顾问，以便随时回答他代表村民提出的各种古怪问题。

　　有次母亲对我说："你爸现在能耐呢，谁家有什么难解的事竟然要

阳坡泉下 —— 面对大西北的乡愁

叫他去看看。他懂什么呀，还不是给你打电话。"我说："给我电话也没用，乡间有些事情不是法律说得清的，还是地方上的土办法管用。"

当然，在我眼里他最有成就的是学会了发短信。要知道，直到现在，除非万不得已，我还是不发短信的。大约2000年的时候，有个女生给我发了条短信，半年后问我为什么不回，结果我的回答是："什么是短信？"

父亲只上到小学二年级，很多字不识，更不会汉语拼音。后来认了不少字，一是因为跟着阴阳先生画符学会了几个，二是后来记账、做生意学会了几个。某年春节的时候，我们教会了他用笔画输入法写短信，以后便时不时会收到他的短信。但他直到现在还没学会插入标点符号，不过有些不会写的字他会用同音字代替。所以，收到他的短信，第一要会断句，第二要会联想，还好基本上都能猜明白。

有次，我忘了是弟弟还是妹妹嘲笑他错别字满篇，他很生气地说："我爸爸妈妈没有供我读大学！"

第五章　父老——献给我的父亲母亲

好学父子

　　十年前回老家过年，时在福建工作的我带了两盒铁观音去看小学老校长权老师。老人家此时已退休，用粗糙的大手握着我的手邀我上炕叙谈，久久不放开。想想当年读书时，哪个孩子太调皮，他会忍不住在额头上戳一指头。可据江湖传说，这一指头功练了几十年早已成精，被戳一指头谁也扛不住。

　　想起来，另一个老师是有名的魔鬼，打学生什么招都用。最恶心的是，作为一个男老师喜欢掐男孩的屁股，掐得小男孩们满院子疯跑。

　　扯远了，权老师他老人家德高望重，是我父亲、我和比我晚一辈的孩子们三代人共同的老师。在我读小学的时候，曾经得过一次全校第一名。考初中时，大家都冀望我能给小学挣个"状元"回来，并放言如果我挣不到，那本校就放弃了这个念想。结果，当然是我没能完成任务。

　　但是，我一路读书出来，毕竟算是个小小的"神童"传说。后来，我初中同学、一个与我同年的叔叔，十六岁那年初中未毕业就娶了"烂皮鞋"的女儿，不久生了个儿子，也是非常聪明，老师们认为他有可能是第二个我，便加以格外的培养。在我去看老校长时，他虽然已经退休，但仍然给这个堂弟"吃小灶"。这堂弟后来果然也不负厚望，读了大学。

　　我读小学那年，我父亲的磨面坊生意已很上路，家里人来人往。闲着的时候，父亲也会抓我写几个字。记得那年兰新铁路刚刚电气化改造，为防止出意外，上面发了很多警示布告，父亲从乡政府当差的亲戚那里拿到了很多用来糊墙。于是，每天晚上就着油灯，父亲教我读那上面的字。在我启蒙前，这一张张布告算是滚瓜烂熟了。记得那是用宋体字印刷的，这

阳坡泉下 ——面对大西北的乡愁

也让我一生对宋体字情有独钟。

但父亲竟没有送我去上学的打算。每天早上起来，学生上早操的声音让我很是羡慕。加上同龄的玩伴也都去上学了，我显得很孤单，便在秋季开学那天跟着其他小孩一起去学校报了名。等回来后，我才告诉正在磨面的父亲我报名了。他惊异了一下，然后给了我1角钱，让我去小店里买两本作业本，外加一支铅笔。

我们那地方，因为有农忙，很多小孩都是读上半年，下半年就不读回家干农活了。所以，有些孩子永远都在一年级待着升不了级。记得我的小姑姑也跟我上过同一个班，就是这种原因。如此，一年级永远有几十个人，而五年级就只剩五六个人了。

在这样激烈竞争的一年级，第一次考试我就得了两个100分。放学的那天，大家都要等着看谁家的孩子拿了奖状，便都站在门外等。我拿了奖状，从别人家门前经过时躲躲藏藏，羞涩得不敢抬头。这种情况一直保持到三十五岁，以后我终于从一个腼腆的少年变成了一个脸皮比猪皮还厚的中年男人。

父亲永远是神，别人问起我的奖状，他总说是我撞的大运。我拿回奖状，他说："谦虚是进步，骄傲是落后。"对，就是这十个字，不是"谦虚使人进步，骄傲使人落后"。

但他的谦虚是装出来的，内心其实很狂野。有一次我拿了奖状后跑到厨房去拿冷馒头吃，偷听得父亲在和母亲高兴地说我得奖状的事，语气间充满了欣喜。我这才知道，原来父亲也会因我的成长而高兴，并不是漠然置之。

这种貌似冷漠的家风，影响了我们家所有的人。我家的人表达感情都非常含蓄，虽然平时说话大大咧咧，但在表达感情上却只用心而从来不用语言。

后来上大学时一次演讲，刚说了"同学们好"的开头，就再也不敢抬头看人，两三分钟后撒腿狂逃。然后，我明明听得身后一阵暴风骤雨般的狂笑。

父亲几乎没有操心过我的学习状况。高考那年，他可能也是过意不去，某日一早跑到学校找我。我一边给他弄早餐，一边急吼吼要去背书，于是他坐了一下就走了。后来他说，看我这样子，他根本就不该去看。

高考结束填完志愿，我就回家割麦子了。我自觉考得不错，便满心欢喜。到了村头山顶上的时候，看到父母在地里割麦子，便没有回家就直接去地里干活了。

我一直等他们问考试的情况，但他们就是不开口，像没事人一样。我实在憋不住了，主动说应该可以考上了，而且能考个好学校。

母亲后来对我说，其实他们也是心里急得猫抓，但就是不敢问，怕万一考得不好会让我难过。毕竟，在我高考之前，我们村里只有一个堂哥高三复习四五年后才终于考上专科学校。他们只希望，我复读一年之后能考一个中专也行。

父亲经常在别人面前打击我抬高他，后来他三个孩子全部读书离开老家，有人说他生了三个孩子都给别人养了，他说："我的任务就是把孩子们送出去。"

也是，他一辈子吃了没有知识的亏。如果他有个好父亲，也许就不用把孩子们生在这穷山沟里了。

母亲有次讲起父亲的读书史，近似传奇。小学二年级后，他辍学了，跟着木匠学过木工，跟着阴阳先生学过算命，跟着别人贩过毛驴，跟着别人修过柴油机，无一成功，但学算命时学会了画鬼符，也认了几个字。在娶了我母亲后，父亲不服气，还自带柴火去初中二年级读书。

此时"文革"还未结束，初中的学生大多也是工农兵推荐上去的，有水平的没几个，他以小学二年级的文化水平竟然也跟得上，在初一升初二的考试中还排前几名。但此时，读书不算是正道，在生产队挣工分才是家里、生产队、公社都可以接受的结果，所以父亲竟被公社书记当成"反面典型"从中学驱逐出来，而且还在公社广播里连续批判了好几天。

从此，父亲就死了读书的那颗心。但毕竟被从学校赶出来后心里不爽，下地只出工不干活，队长和公社书记骂的时候，父亲就要求把他的那一份地单分出来。

这话吓得公社书记再也不敢找他麻烦。因为那个时候，包产到户或者单干都是走资本主义道路的"大逆不道"，对各级领导来说都是很危险的事。生产队担心他影响到别人，所以最后给他安排了生产队保管员的活。

阳坡泉下 ——面对大西北的乡愁

他于是才有机会贪些吃的，便也乐在其中。

直到1979年，我们才偷偷地以自然村为单位开始分田种，而我们老家最终真正包产到户是1981年以后的事了。在我们小的时候，还有以好多家为一个单元，每年给政府交一头猪的生产任务。

虽然文化程度低，但父亲对于任何事情都有追求极致的心。"一"字，必定要写得抬头晃脑，绝对不是一横那么简单，我的书法也许就是他这个把"一"字写得摇头摆尾的半拉子书法家启蒙的。直到小学三年级的时候，我学着奖状上老师写的"红"字写毛笔字，有位来磨面的人说这个字写得不错，父亲说当然是他写得好，于是他也写了一遍。那人说还是你儿子写得好，他便说肯定是我撞大运了，不然再写一遍试试。

事实证明，还是他了解他儿子，我再也写不出那个样子了。于是，他老人家哈哈大笑，但此后再也不跟我比书法了。

估计，他已觉得虽然当时我只读到小学三年级，但所受到的教育，除了画那个鬼符，已经超过他了。

母亲

我们那里，媳妇生气离家出走叫"颠山"。究竟是不是这两个字，存疑，发音如此。

母亲有过一次"颠山"的经历，还没走到村口，就被人劝回来了。劝的人中，有我和弟弟妹妹。

那次，应该是因为农活的事情，母亲说了几句就被父亲揍了。

二十出头的父亲，在我心目中的形象其实有些不堪。我记得有次母亲在地里累死累活地干活，父亲在家里与一群光棍打闹玩耍。母亲回家后，家里一片狼藉，还得一声不吭去收拾。

那段幼儿时期，我在想：长大后我要杀了这个父亲，为我母亲报仇。母亲这次"颠山"，我们当然是心向母亲的，要是母亲真走了，我们肯定也跟着她去了。

可能每个家暴家庭出来的男孩子，都有这种心态吧。只是后来父亲改行做了善人，这才让我对他的形象彻底改观。现在回头来写家史，写来写去竟然都是父亲，可见一个父亲对孩子成长的影响有多大。

作为从耕读世家大总门出来的女性，母亲的隐忍成就了我们这个家庭。如果不是她的坚守和她在家里的全力操持，我们家不可能走到今天，父亲也不可能腾出手去做那些所谓的"事业"。如果是这样，作为毫无家底的家庭，我们断不可能走到今天。

如果没有她的隐忍，张狂的父亲可能毁掉一切。但因了母亲，他们成了最佳拍档。这样的婚姻组合，初看太过失衡，细想却是天作之合。

感谢上苍，让他们成为夫妻，然后有了我们这个家庭。

阳坡泉下 ——面对大西北的乡愁

母亲从来没有父亲那样大起大落的人生经历，她一直围着灶台在烧火做饭，一直围着田地在侍弄庄稼，一直就着油灯在缝补衣服。她忙得一年回不了一次娘家，我去外婆家的次数肯定都比她多几倍。

在农忙季节，她几乎每天都是凌晨四点多下地，晚上九点多才回来，一整天蹲在地里，腰都直不起来。其中酸楚，只有她自己知道。

那天说起我上初中的时候，有时周末不回校要周一一早走，但早上路上太黑看不见，母亲就打手电筒送我到山梁上，这时天已发白我便一个人走，然后母亲赶回去抓几个馒头就去地里干活。我有时走着走着，就觉得母亲真可怜，便大哭几声，继续走路。

弟弟比我更甚。有几次，母亲打手电筒送他去上学，走到半路竟然又哭着回来了，母亲只好再送。

小学时，因为我每次都拿"三好学生"，前支书家的"三哥"他们便很不忿，有段时间约集了其他同学集体排斥我——不与我讲话。

因为受到排挤，我就不想去上学了，于是父亲一顿打，母亲只是默默安慰我，然后又哭。父亲只好去找校长权老师，经老师干预这才继续读下去。三哥受到严厉批评，学校破例给我颁发了"全校第一名"的奖状，这才压下去了。

特别感谢阴坡队里的强顺，就是将"闪烁"一词的解释唱得抑扬顿挫的那个孩子。在别人都集体排斥我的时候，他对我一直保持友好，使我度过了人生中最艰难的人际困境。

强顺是胖娃的儿子，胖娃就是写在朱家湾石碑上的那个绅士的孩子。在"文革"期间，他家也成为"政治贱民"，备受凌辱。

听母亲讲起往事，尽是几个孩子成长的艰辛，对她自己从来一字不提。

印象中她从来没有生过病，偶有不适也就是吃止痛片就可以了，从未躺床上休息过，除了生妹妹那时候，不过也就躺了几天。听说在生我的时候，只躺了一天就下地挣工分了。

多少次，我想写写母亲，可每次除了一堆情绪袭来，几无处落笔。

这是一代妇女的悲哀，所有的付出似乎都看不到，时间将一切磨灭了，了无痕迹。

去年,母亲到杭州来,可能是累了,在一家店面门口直接蹲了一下。我看到后,马上喝她站起来。

她站了起来,可我眼泪一下子就出来了。我对她的态度这样粗暴,她也不反驳。其实她晕车,是真站不住了,再加上老家那里随意在路边一蹲聊天是常态。她有些习惯不可能在城里住了几天就改变,而我本不该以这样的声气对她。

我最担心的是她有病不说,自己死扛。每次到城里来,我都要带她去做一个全面体检,她总是不去。我作为儿子,妇科不好带去,没人带她又自己完不成,因为语言不通。直到妹妹带她去,万幸身体基本是好的。

最倒霉的是四年前妹妹搬新家,我一再叮嘱一定要买安全型的家具,以防小孩和老人受伤。结果,玻璃茶几差点害死人了。

因为那茶几被外甥弄断了一只脚,那天外甥又爬到茶几上,母亲伸手去抓,不小心倒在茶几上。茶几玻璃一角因此断裂,母亲的胳膊直接喷血。

妹妹也不懂急救,更不懂得将近心端的血管扎紧,就这样直接跑到小区卫生室。那鬼地方的医生估计也是见鬼,也不懂得先绑一下血管,只说说处理不了让直接送医院。等到医院时,母亲已经失血过多快不行了。由于筋被割断,只好剖开整条胳膊将断筋续起来,这场手术算是彻底伤了她

阳坡的尽头,像极了鸟嘴。

阳坡泉下 —— 面对大西北的乡愁

的元气，直到现在也难以恢复。

在旁人眼里，母亲现在脱离了苦海，在城里过上了好日子。可他们哪里知道，母亲最想念的还是鸟嘴她那个小窝。我们小时候，她最想念的是她娘家，觉得那里宽敞，不像我们庄院挤在一起连几棵菜都没地方种。

种几棵菜成了母亲的梦想，这也影响到我，一生都在寻找一个菜园子。婚后，终于在杭州郊区有了这处地方。

外婆和舅舅舅妈过世后，娘家似乎就真的不是娘家了，虽然她和侄子们的关系仍然非常紧密，但朱家山终于成了她自己的家了。

说起鸟嘴，大家可以端着饭碗在我家门口边聊天边吃饭，也有过路的人到院子里来站站说几句话，有时一说就是半天。这样的日子，岂是在城里可以比的。

母亲是个很有亲和力的人。在乌鲁木齐，她在那里住了两年就结识了小区里一帮来自甘肃的老人。在海南，小区里一帮甘肃、陕西、宁夏的老人，同样与她交好。据弟弟说，有个陕西的老太太，每次都要将母亲送到电梯口才回家去。

而在老家，母亲是有名的善人。谁家有什么解不开的家事，母亲去说说；或者谁受了委屈，到母亲这里来诉说诉说，待个半天，然后就风平浪静了。

父亲有时候会取笑她是"村里有名的和事佬"，她听了也就笑笑嗔怪一声，并不反驳。她和父亲是两类人。所以，我、妹妹和父亲都属于快刀斩乱麻的那种，敢爱敢恨；母亲和弟弟是同一类人，遇事不慌不忙，尽可能息事宁人，以不惹麻烦解决问题而不是放大麻烦为要。

所以，她最怕的是我在外面惹出什么事来。家里有什么事情，也尽量压住父亲不给我说，以免我火爆脾气一来又做出什么事。就算父亲被那个老师的摩托车撞了那次，也是隔了一个多月且对方太过分，事情已经无法收拾后才告诉我的。

即便如此，她后来也一次次嫌我做得太过分。以致有次她去表姐家碰到那个老师的父亲，对方说"本来是个小事嘛，何必弄得那么大"，她羞得脸都抬不起来了。

这就是我母亲，别人欺负了她，一旦反击了她却又觉得对不起人家。

第五章 父老——献给我的父亲母亲

面对历史——与弟弟的对话

朱子一：我小时候老打你，要向你道歉。

弟　弟：算了，谁叫我打不过你呢。

朱子一：不是打不打得过的问题，我一直对你不好，长大了又没帮到你。我们俩脾气相差太大。

弟　弟：时代造成的，那时候人都是暴力解决问题，从老到小都一样。

父亲年轻那时候打过母亲，别人家的也都打。要是现在人的思维，当然就不可能有这种情况。

朱子一：我到现在也是脾气不好，老骂人。

弟　弟：可能和脾气有些关系，但主要原因我认为是当时的环境。谁家都是打，能打就是英雄，包括各村之间打，邻居之间打，父子之间打，夫妻之间打，总之全是打，打完也就完了。父母是最好的老师，你当然会学。

朱子一：这些事，我也记得。

弟　弟：有些事不要写，我们是闲聊，凡是有村里关系问题的全不要写在里面，万一被人看到不好。说起来，我准备什么时候回一下老家。

朱子一：等你儿子大点吧。

弟　弟：我这孩子天天满身是泥，桌子上也坐，地下也坐，当然椅子上也坐。这孩子很像小时候的你，哪儿高往哪儿坐。你也是背篓顶上那儿都要跳几下。

朱子一：小孩的规矩还是要做的，不要像我，无法无天。

阳坡泉下——面对大西北的乡愁

弟　弟：我很想让母亲把他带到家里玩去，大了再带来。母亲不要，怕操心，媳妇好像也有点儿不同意的样子，也就作罢了。

朱子一：孩子离开父母是不行的。

弟　弟：我现在教他打架基本要领，男孩子要勇敢、要敢摔敢打。不然，要被幼儿园、小学、初中一路上来教成姑娘了，据说现在女教师太多，基本上男孩子和女孩子没区别的。

朱子一：哈哈，是的。不过，你三年的成果，学校里三个月就毁了。

弟　弟：所以嘛，我觉得还是送回老家摔打着好些。

看情况吧，我不是很想在外面待，我都想回家种些菜、种些树，日子过得挺好。我把这儿的房子卖了，在老家种地还是有钱人。媳妇一直不同意回去，所以还得给她慢慢做工作。我一直有这个想法的。

朱子一：你呀，光村支书就能把你弄死、气死。想象中的田园，想想也就罢了。

弟　弟：母亲是说如果真回去的话，在县城或者哪儿开个铺面也可以过日子，家里再种些菜、弄些粮、种些果子挺好的。

朱子一：你想想那里有些人的素质吧，你周围的人和环境很重要。

弟　弟：记着些好的，别记着那些生气的事，哪儿都有好人和坏人。

朱子一：那完全不一样。

弟　弟：穷的原因。什么都有个过程，饿急了的时候连人都吃，再过几十年可能会好些。还是那句话，环境造人，土匪肯定会在穷地方出。

朱子一：当地的有些文化基因是劣质的。

弟　弟：这话就不对，我们父母就是那儿的，我们自己也是那儿的，你不是连自己都骂。我们家的房子也是村里人帮着弄的，我们也是邻居帮着养大的，难道这些人都是劣质的？起码母亲就对你老是骂自己家乡人不高兴，前几天还在我跟前说你呢。

母亲特别想念家乡，认为什么地方也比不了我们家里好，说是火车一到甘谷站就感觉到舒心。

朱子一：我们村是通渭的文化基因，沾了秦安的文气，又沾了甘谷的匪气。我们村在甘谷，当然算是好的了。

你和母亲怀念家乡是有道理的。你是多年未回，家乡被美化了。这是

第五章 父老——献给我的父亲母亲

西北的梯田和梯田里生长的胡麻。

所有游子的共同心理特征。

母亲是因为在外面无法适应,这也很正常。她们的年龄和视野,决定了不可能真正适应。

弟　弟：这是两码事,母亲哪管什么通渭文化、秦安文化。我们那儿人,尤其秦安人、通渭人还佩服甘谷人呢,说是胆子大、有闯劲,就算打击投机倒把最厉害的时候,甘谷人还在到处做生意呢。所以,尽量不要以个人的好恶评价别的主体。

人都有犯错的时候。我们那儿的话就是"河西三十年,河东三十年",都有走窄的时候,也有风光的时候。"文革"老书记现在走得特窄了。

千万不要老记着别人的不好,那样自己也不舒服。《士兵突击》里面一句话特别好:"记着别人的好总会比记着别人的坏要好。"

人是多面的,不能按好坏来分,就像坏人也有可能做个很耀眼的事,所谓好人也许也有很阴暗的一面。再说,老书记那事也相当一部分是历史环境造成的。

朱子一：我就是在记录历史。每一个人做得的好和做得的恶,都应该被记录。我不评价他的品质,我只写他做的事情,否则,还要历史做什么呢。我不仅写了老支书,还写了爷爷,我对爷爷总是没有恶意和报复心吧。

弟　弟：书是书,自己是自己。我是说你自己不要让这些不好的事

阳坡泉下 ——面对大西北的乡愁

影响心情,也不要让家里人受到影响。历史学家的责任是记录下真实的东西。但一般人应该遗忘不好的东西,只有这样普通人才会过得更快乐,否则普通人就陷入无休止的争议当中了。

朱子一:我不是报复谁,而是历史就该面对真相。在基督教文化中,每个人都要面对上帝,而在中国传统文化中,每个人都得面对历史。

弟　弟:所以,你写书和我们交流你要分开来,专业和普通是有分别的。千万不要在母亲跟前说那个什么坏地方,母亲肯定心里难受不是。

跋一

大树的守望

兰　城

这几日，北京的天气持续雾霾，心绪也一色灰蒙蒙。忽接兰大师兄朱子一信息，命我为其新书写跋，并将书稿发给我。其实作跋我很心虚，但一口气读完所有书稿之后，眼前现出一段斑斓的历史，这些五彩的光芒穿透雾霾直指一个村、一个家族的历史腾挪，悲欢离合，嬉笑怒骂。那些匆忙迷乱的身影背后，是人善的挣扎与人恶的肆无忌惮，我深为感动，所以就写一点浅薄的读后感吧，以不负师兄所托。

人也罢，家族也罢，总是不停地走，遗忘着怀念，抵触着接纳，也抵不过故乡的绵绵诱惑。师兄的远祖，来自山西大槐树，无独有偶，作为老乡的我，小时候也经常听父亲望着远方，笑着说："娃儿，我们是从山西大槐树底下来的。"那时候我总是在想：哦，那棵大槐树下面，是否曾聚居着行行色色的生灵？而长大后读书才明白，大槐树只不过是官府曾经迁徙内地居民支边的集散地。

师兄的家族，就是这么从一个省到另一个省，从一个村到另一个村。而长大后的他，亦因求学或工作，则从北方的村到南方的城，跨过这条江，看过那片海，可不管到哪里，他都会做一陶罐浆水，炝上葱花、辣椒浇在煮好的细面条上，然后痛痛快快吃上一碗面，并喝光碗里的浆水。故乡的浆水，恰恰舒适了异乡的胃。

比师兄稍长的人们，却是为了生计，或嫁于陕西，或"上新疆"。在没

阳坡泉下 ——面对大西北的乡愁

有读到本书之前，我只知道走西口、闯关东，那些热血激昂的人们暖了黄土、白了春雪。而今，我还知道有一个名词叫上新疆，创造这个名词的甘肃人被称为甘肃洋芋蛋，可也正是这些甘肃洋芋蛋们开垦了一片荒凉的土地，他们的子孙正在新疆的一个个城市被称为新疆人。

师兄去新疆看望妹妹的时候，足迹遍布新疆主要几个城市。在每个城市，他都受到亲朋故旧的热烈欢迎，可见甘肃洋芋蛋们并不像人所说的能吃不能干，他们不仅在荒漠的西部生根发芽，还发财致富。

师兄的书里，"文革"时代的故事亦摄人心魂。对于我这样一个80后来说，"文革"的印象只是一些数字和政治书本上的结论，而读完这本书里面那些活生生的故事之后，我无法相信人性的善与恶被这个时代演绎得那么超乎想象——如先任村支书朱唯真，为了村里少饿死人自留"黑地"，直到"文革"结束才算安然无事；而又如后任书记，即所谓的疯狂村支书，"文革"时期横行乡里，追打自己嫂子，以至于嫂子没辙，大白天脱裤子当场撒尿，才逼退这个"疯子"。诡异的是，"文革"结束后，此人居然还余威不绝，村民见到此人说话都还颇不自在。

而之前在鲁迅的小说里读过的吃人血馒头这样匪夷所思的事，在子一师兄的家乡就那么真真切切地曾经存在过。书未读完，可至这一节不禁掩卷凝神，心里竟然是空了一下，时空仿佛停顿了。

如果你不曾去过西北，又想了解些西北的民风民俗，那么我敢保证，看过这本书后你一定会计划一次西北之行的，因为它给你展现的是一幅西北农村生活的最真实画面，让你忍不住想亲历其间。

师兄所在的村庄是有尚武风俗的，在每年春节各个村里起社火的时候，迎接社火的村和表演社火的村就有假拟的武术来往礼节。风俗往往是某种生活习惯的缩影，从此也可管窥蠡测当地对武术的崇拜。师兄本人也是练手，他曾在杭州的家里给自己娇丽多姿的妻子表演仅仅记得的一二动作，还博得佳人拍手称赞。

尚武并不意味着粗鲁。相反，子一师兄的父辈都是些不仅老实本分，且胸襟思维都异常开阔的西北人。"文革"时期，"反动派"们在毛主席像面前忏悔，作为监视人的师兄父亲不管怎样都给他们的小本子上认真写上"态度老实"的字样。

无论人行何处,也无论时光怎样偷换容颜,故乡、家族都永远在西北风里清晰可见。多年后,若游子回乡,希望村口的大树依然守望、迎接你。

2014年正月于北京

兰城,媒体人。

| 阳坡泉下 ——面对大西北的乡愁

跋二

父辈从哪来

张欣宜

　　从甘肃返回台北已经一年多了，有件事始终困在心里，那就是迟迟拿不出时间与决心把这段对我而言意义深远的寻根之旅化成文字书写成册。一晃眼，日子就这么过去了，心中老伴随着一股若有似无的焦虑与不安，尽管如此，我还是没能写出来。

　　料想不到的是，2014年春节过后不久，突然收到朱子一从远方传来的信息。他告知说，因打球不小心把脚给拐伤了，在家里休养了半个月，完成了一本十几万字的书稿。对我而言，这真是一个莫大的震撼与打击，听来让人又忌妒又羡慕。我压根不去管他的伤势，只顾兜着他眼前刚完成的这本书问东问西。

　　他写的是一部家族史，追溯回望了家族一路从祖籍山西到甘肃的不同地方辗转不已、苦难行进的故事。我心里着实感到吃味，便截断他的话以玩笑的口吻说："这不是我该完成的吗？怎么让你给捷足先登了呢？要不有劳你捅我一刀，让我也在家好好静养一下！"子一回说："这不失为一个好办法，那你来杭州一趟吧……"我被他逗得哈哈大笑，总是这样的。这就是我认识的朱子一，幽默而温暖，只要哪里有他在，哪里就有笑声。

　　认识朱子一，是我生命中一个美丽的惊喜与转折，对他我始终怀着感谢。没有他的出现，我绝对不可能了却一桩潜藏在心中多年的心愿；没有他的古道热肠，我也绝对无法修复那些父亲生病期间和他颠沛的一生留给我的伤痕，以及那些在成长中度过的艰难时光。我与父亲的情感虽是浓厚却又如此的幽暗漫长，像只身一人孤独无助地行走在一条漆黑的隧道里，而子一就是那一盏突如其来的光，给我了一个可以走出来的机会。

2011年8月，我刚到"环境资讯中心"工作不久，便受命随行采访一群远从大陆各地前来台湾交流的记者。在五天四夜的行程里，从北到南跟着他们几位上山下海，白天一伙人说说笑笑，夜深人静时我便一个人对着计算机发稿，压力虽大，但因这群人都太有趣了，以至于减轻了熬夜赶稿时的苦闷。朱子一便是其中一员，他当时是一家日报的副总编辑，个性随和、言谈风趣的他对于很多事物都有自己独特深入的看法，给人留下深刻的印象。我与他聊天，总觉得他的口音有一种说不上来的熟悉感，便问他是哪里人？他回说他的老家在甘肃。我兴奋莫名，便和他聊起过去找寻父亲甘肃老家那些挫败的经历。后来他问我为何不继续找下去，我说"父亲留给我的线索有限，实在是找不到也没打算再找了"，反倒是他信誓旦旦地安慰说："不要放弃，我回去后一定可以帮你找着。"

我这个人向来被动，即便我们相处得很融洽，也共度了一段欢乐时光，但毕竟是短暂交会，所以他们离开台湾后我谁也没联系，更没把子一说的话放在心里。过了几天，他主动写信给我，希望我能提供更多关于父亲老家的线索，那时我才真正被他打动了，原以为只是随口聊聊，想不到他竟认真起来，暗地里正积极在为我打探父亲居住的小村。

我父亲是1949年随军队撤退到台湾的，从十六岁离开到去世，未曾再回到那个让他魂牵梦萦的家乡，只留下"甘肃徽县高梨沟"这一句话，其他一概不得而知。真难为子一了，他对着聊天软件与我一来一往，而我能给的资料到底有限，但仍然浇不熄他的热心。面对一个才认识数日的人，隔着海峡听着与自己毫不相干的家族琐事，然后再按着这些微不足道的来源根据，如大海捞针似的与远在甘肃他托付找寻的人士相互比对印证。只要一有动静，他便发信息给我，几度看着子一传来的文字，我总是感动得泪流满面。

不久之后，透过官方及民间的协助寻找，还真让他给找着了。当时我已离开原单位，我常跟台湾的朋友说这是老天巧意安排，短短四个月里让我认识朱子一，这是我在"环境资讯中心"最大最珍贵的收获。后来我因投入新工作

阳坡泉下 ——面对大西北的乡愁

苦等了一年的时间，在所有条件皆允许下，2012年11月，我拿着子一给我的联系方式踏上了寻根之旅，即便早知道父亲老家已无任何亲人了。

这是一趟自我疗愈的旅程，透过寻找父亲的出生地，让我变换一种方式重新看待我与父亲的人生，且放下了那些在心里盘旋不去的纠结回忆。至今我还是思念着父亲，只是已然了悟生老病死乃是人生必经过程，唯有坦然面对才能勇敢接受每一次的悲欢离合。而这一切我得感谢朱子一当初的穿针引线，因此只要有机会去上海出差，一逮到时机就想绕到杭州去看看他。一次，我跟他提及想把去甘肃的点点滴滴写下来出一本书，并要他帮我写篇序言之类的，而早在一年多前子一就把序言稿寄来了，只是这本书一直未能完成。

生命充满着惊奇，一如我与朱子一的相识，一如他意外跌了一跤后竟然躺在床上以惊人的速度完成了这部书稿，我迫不及待想看看他的文字，更想透过他的观点了解更多我父亲家乡的二三事。因为我始终相信，一个良善正直且带着一颗悲悯之心的人，写出来的作品必定是令人动容而有所启发的。正如我一直在苦苦寻找父辈的出处一样，这部书稿同样是一部观照父辈来路的作品。我想，这也应该是每个人的"父辈从哪来"。

张欣宜，台湾作家，杂志编辑。

后记

阅后即焚

每个少年都有一个宏大的写作梦。在高中那个苦闷的日子里，我写了一页又一页的作品，有诗、有政论，更多的是有自己的心事。这些心事，都记在一个小日记本里。当这个本子丢失后，我就知道该收手了。这也养成了我以后的写作习惯——每隔一段时间，都要把过去的作品毁掉，只留下个别残篇。因为白纸黑字的证据，有时意味着对别人的无意伤害，比如那个日记本里出现过的女生。

因为经历过不少事情，在博客时代还成为名博之一。于是不少朋友鼓励写书，结果是每次写个两三万字就中断了。期间还写过一个长篇小说的开头，两三万字，结果也是无疾而终。

我始终不懂得编故事，只会写实，这注定我只能拿出今天这样的作品来。可能缺乏故事，但它的记录很实在，不信就去问我们村里的任何一个人吧。

2014年正月初一，是一个晴朗的日子，在岳父家吃完了午饭，便在乡下打篮球，却不料右脚"咔嚓"一声，到医院一看，两处骨折。

伤筋动骨一百天。我躺在床上看天花板，就想起了我小时候生病的场景。

那时，白花花的太阳照在外面，透过小窗射进来的光柱里，尘土像蜜蜂一样翻飞。如果是桃花、杏花开的季节，会有蜂群飞过的忙碌声，而

阳坡泉下 ——面对大西北的乡愁

邻居家的牲口打个响鼻，也听得真切。一个人看得久了，似乎屋顶都在摇晃，就像我出生那年的老天爷。

而此时，我已经怀孕的妻子陪在身边，有了她的照顾，短短一个星期便有了这本小书的初稿。

要知道，就像少女都会怀春一样，每个步入中年的出外游子都有一个故乡梦。这个梦有时真实得令人牙齿发酸，有时鲜嫩得就像刚发芽的杏仁，两片叶子还保持着果仁的模样。

梦境深浅姑且不论，却都是故乡的影子。就像人的影子一样，故乡会纠缠着你，一直到你倒下，再也看不到自己的影子。

感谢妻子，感谢父母和故乡。或许，还得感谢这次伤痛。

写到这里，这本书就算全部结束了。只想请您"阅后即焚"，来日再叙。

2014年正月

后记

阅后即焚

每个少年都有一个宏大的写作梦。在高中那个苦闷的日子里，我写了一页又一页的作品，有诗、有政论，更多的是有自己的心事。这些心事，都记在一个小日记本里。当这个本子丢失后，我就知道该收手了。这也养成了我以后的写作习惯——每隔一段时间，都要把过去的作品毁掉，只留下个别残篇。因为白纸黑字的证据，有时意味着对别人的无意伤害，比如那个日记本里出现过的女生。

因为经历过不少事情，在博客时代还成为名博之一。于是不少朋友鼓励写书，结果是每次写个两三万字就中断了。期间还写过一个长篇小说的开头，两三万字，结果也是无疾而终。

我始终不懂得编故事，只会写实，这注定我只能拿出今天这样的作品来。可能缺乏故事，但它的记录很实在，不信就去问我们村里的任何一个人吧。

2014年正月初一，是一个晴朗的日子，在岳父家吃完了午饭，便在乡下打篮球，却不料右脚"咔嚓"一声，到医院一看，两处骨折。

伤筋动骨一百天。我躺在床上看天花板，就想起了我小时候生病的场景。

那时，白花花的太阳照在外面，透过小窗射进来的光柱里，尘土像蜜蜂一样翻飞。如果是桃花、杏花开的季节，会有蜂群飞过的忙碌声，而

阳坡泉下 ——面对大西北的乡愁

邻居家的牲口打个响鼻，也听得真切。一个人看得久了，似乎屋顶都在摇晃，就像我出生那年的老天爷。

而此时，我已经怀孕的妻子陪在身边，有了她的照顾，短短一个星期便有了这本小书的初稿。

要知道，就像少女都会怀春一样，每个步入中年的出外游子都有一个故乡梦。这个梦有时真实得令人牙齿发酸，有时鲜嫩得就像刚发芽的杏仁，两片叶子还保持着果仁的模样。

梦境深浅姑且不论，却都是故乡的影子。就像人的影子一样，故乡会纠缠着你，一直到你倒下，再也看不到自己的影子。

感谢妻子，感谢父母和故乡。或许，还得感谢这次伤痛。

写到这里，这本书就算全部结束了。只想请您"阅后即焚"，来日再叙。

2014年正月